俵万智選歌集

Tawara Machi TANKA Selection

あとがきはまだ

俵万智
渡辺祐真

短歌研究社

あとがきはまだ

俵万智選歌集

まえがき――俵万智

短歌を作りはじめてから四十年あまりになる。第一歌集『サラダ記念日』は、次の一首から命名した。

「この味がいいね」と君が言ったから七月六日はサラダ記念日

サラダが美味しかったというようなささやかなことを、記念日にしてくれる……それが自分にとっての短歌だ。発表した当時は下の句が注目され「〇〇記念日」という文字が、スポーツ紙の見出しにまで踊った。

今、SNSの時代では「いいね」の数を競うような風潮がある。でも人は、本当はたった一つの「いいね」で幸せになれるのだ。そういう歌として、この一首は新たな共感を得ているようで、とても嬉しい。

時代によって読者によって、さまざまに読まれ、短歌は豊かに育てられる。短い詩型だからこその面白さであり、強みだと思う。

長く歌をつくっていると歌集も増え「どれから読めばいいですか?」と聞かれたりする。スケザネさんという素敵な読み手を得て、選歌集を編めることは、ありがたい機会だ。まず彼が短歌を選び、そのセレクトを尊重しつつ、どうしても私が入れたい歌を加えてもらった。歌集ごとの鑑賞や位置づけも丁寧にしていただいたが「こう読め」というよりは「こんなふうに自由に読んでいいんだ」と受けとめてほしい。そして気に入った歌集があれば、ぜひ手に取ってまるごと読んでいただけたらと思う。そこから先は、あなたセレクト、あなたの鑑賞の世界が広がるはずだから。

人生は長いひとつの連作であとがきはまだ書かないでおく

『アボカドの種』のこの一首が、本書をまとめる中であらためて実感された。第一歌集で「やさしさをうまく表現できぬ」とされた父は、第七歌集で「食後の白湯」を飲んでいるし、『プーさんの鼻』で誕生した息子は『未来のサイズ』の制服を着るまでに成長した。そして恋の歌は、二十代から六十代までブレずに生まれつづけている。

これからも、一首一首、人生という連作を詠み続けてゆくつもりだ。だから、あとがきはまだ、書かずにおこう。

まえがき――俵万智

はじめに 本書の成立と編集方針――渡辺祐真

作家・書評家の渡辺祐真《すけざね》と申します。YouTubeでは「スケザネ図書館」というチャンネルで本の紹介をしております。

この度、俵万智さんの短歌をセレクトし、すべての歌集に解説（僕なりの鑑賞）を付すという、身に余る機会を頂きました。

思えば僕の作家としての最初の仕事が、「短歌研究」二〇二一年六月号に寄稿した「俵万智の全歌集を「徹底的に読む」」という、俵万智論でした。初めての紙媒体への寄稿で、僕のデビュー作でもあります。本解説はその論を全面的に改稿・加筆したものです。

あれから約三年が経ちましたが、俵さんを、短歌を取り巻く状況は変わりました。「短歌ブーム」とも呼ばれる短歌に対する熱気は強まり、その中で俵さん自身はもちろん、俵さんの言葉や短歌は世間から最も強く求められています。

私も「俵万智さんの短歌を読んでみたいんだけど、どれがいいかな？」と訊かれることもしばしばです。そうすると、その人に合った歌集をチョイスしたり、最新の歌集を挙げたりしますが、その一方で、長い歌歴を一望できるような選歌集があればなあと思っていました。個々の歌集には一定の時間とその中での奥行きがギュッと凝縮されており、喩えるなら一つのワインをボトルでゆったりと味わうようなもの。デキャンタージュをして風味が変わる様まで楽しみます。一方で、選歌集はグラスワインのように、たくさんの種類を楽しめるのが魅力。飲み比べるもよし、お店の雰囲気を知るもよし。初めて短歌（特定の歌人の作品）を読むという人や、その歌人の作品を長期にわたって知りたいという人、改めてその歌人を振り返りたい人などにはうってつけです。

ところが実は、俵さんの選歌集は現在流通していません。過去に刊行されたものでは『会うまでの時間』（文藝春秋、二〇〇五年）が唯一の例ですが、品切れです。

僕自身、高校生のころ最初に手に取った歌集が『会うまでの時間』であり、それで俵万智という歌人にハマったのですから、強い思い入れがあります。なんとか俵さんの作品に幅広く、気軽に触れてもらえるような本ができないだろうかと願っていました。

そんな折、「短歌研究」の國兼秀二編集長より、以前に書いた解説を活かして、俵万智さんの選歌集を作らないかとご提案をいただきました。

これは渡りに船だと即決しました。俵さんもご快諾くださり、言うことなしです。ところが一つ困ったことが起きました。思った以上に選歌が難航してしまったのです。

はじめは解説に引用する歌でまとめようかと思っていたのですが、解説とは関係なく読んでほしい歌もあるし、分量の関係から解説で触れる歌全てを選歌とするわけもいかない。

そこで俵さんと相談し、次のような方針をとることにしました。

・選歌は、歌集全体の空気感、歌集が持っているモチーフ、連作の雰囲気が伝わるようなもの、俵万智の代表作を中心に選ぶ。その上で、俵さん自身の判断で追加する。
・解説は、僕自身が好きな歌、俵万智の特徴がよく表れていると考える歌をとりあげ、その鑑賞を記す。
・選歌の歌と解説で言及する歌とは、別の基準で考える（つまり、必ずしも全ての歌を重複させないし、逆に重複していても許容する）。
以上です。

選歌パートでは歌として純粋に楽しんでください。その上で、解説パートも参考に読んでくださると嬉しいです。解説でしか紹介していない歌もたくさんあるので、あわせると結構な数の歌に出会えるのも一つの売りです。

前書きはこれくらいにします。さあ、一緒に俵万智の世界に飛び込みましょう！

あとがきはまだ　俵万智選歌集　目次

『サラダ記念日』より

この曲と決めて海岸沿いの道とばす君なり「ホテルカリフォルニア」

砂浜のランチついに手つかずの卵サンドが気になっている

『サラダ記念日』より

ぼってりとだ円の太陽自らの重みに耐ええぬように落ちゆく

寄せ返す波のしぐさの優しさにいつ言われてもいいさようなら

『サラダ記念日』より

生ビール買い求めいる君の手をふと見るそしてつくづくと見る

落ちてきた雨を見上げてそのままの形でふいに、唇が欲し

『サラダ記念日』より

「寒いね」と話しかければ「寒いね」と答える人のいるあたたかさ

それならば五年待とうと君でない男に言わせている喫茶店

『サラダ記念日』より

愛人でいいのとうたう歌手がいて言ってくれるじゃないのと思う

まちちゃんと我を呼ぶとき青年のその一瞬のためらいが好き

『サラダ記念日』より

砂浜に二人で埋めた飛行機の折れた翼を忘れないでね

やさしさをうまく表現できぬこと許されており父の世代は

『サラダ記念日』より

今日までに私がついた嘘なんてどうでもいいよというような海

ひまわりの黄色をいくつかちりばめてシルクロードへ続くこの道

『サラダ記念日』より

くだもののなべてすっぱい町なりき西安に朝の風は生まれる

母性という言葉あくまで抽象のものとしてある二十歳《はたち》の五月

『サラダ記念日』より

バレンシアオレンジしかもつぶ入りの100パーセント果汁のように

万智《まち》ちゃんを先生と呼ぶ子らがいて神奈川県立橋本高校

『サラダ記念日』より

出席簿、紺のブレザー空に投げ週末はかわいい女になろう

シャンプーの香をほのぼのとたてながら微分積分子らは解きおり

『サラダ記念日』より

親は子を育ててきたと言うけれど勝手に赤い畑のトマト

「この味がいいね」と君が言ったから七月六日はサラダ記念日

『サラダ記念日』より

白菜が赤帯しめて店先にうっふんうっふん肩を並べる

東京へ発つ朝母は老けて見ゆこれから会わぬ年月の分

『サラダ記念日』より

送られて来し柿の実の柿の色一人の部屋に灯りをともす

なんでもない会話なんでもない笑顔なんでもないからふるさとが好き

『サラダ記念日』より

さくらさくらさくら咲き初め咲き終りなにもなかったような公園

金曜の六時に君と会うために始まっている月曜の朝

『サラダ記念日』より

文庫本読んで私を待っている背中見つけて少しくやしい

やさしいね陽のむらさきに透けて咲く去年の秋を知らぬコスモス

『サラダ記念日』より

「スペインに行こうよ」風の坂道を駆けながら言う行こうと思う

愛された記憶はどこか透明でいつでも一人いつだって一人

『サラダ記念日』より

鑑賞の手引き——渡辺祐真

『サラダ記念日』

第一歌集・一九八七年五月・河出書房新社刊

俵の短歌については、これまで様々な角度から幾度となく論じられてきた。たとえば、歌人の川野里子は、その特徴として「言葉のアナクロニズム」、「会話体・口語調」、「新しい固有名詞の使用」の三つを掲げた。(「新しさが発酵するとき—普遍性をめぐって」一九八七年、「雁」一号)

また、日本文学研究者の岡部隆志は、石川啄木と比較し、時代への伝達性の早さから「共時性」をその特徴として挙げている。(「〈『サラダ記念日』現象〉論」、一九八八年、「花神」六号)

更に、歌人の篠弘は、上記の論に依拠しながら、「口語としての擬声語や擬態語の多用」を加えた。(「リズムと映像の獲得　口語歌史における俵万智」、「短歌」一九八九年四月号)

ここに挙げたのはごく一部に過ぎないし、昨今の「短歌ブーム」と呼ばれるムーブメントの中で新鮮な俵受容が増え続けていることは強調しておきたい。

そうした先人の論を踏まえた上で、私の思う「俵短歌のキーワード」を掲げておく。これらはこの解説を通して、何度も立ち返ることになるため、ざっと念頭に置いておいてもらえれば幸いだ。

- **天邪鬼**
- **どうするわけでもないけれど**
- **思い出と未来**
- **白**
- **空港**
- **甘さと苦さ**
- **言語感覚のインストール**

ではさっそく、『サラダ記念日』から鑑賞していこう。

『サラダ記念日』より

一九八七年出版。作者二十四歳の時の刊行だ。二八〇万部という歌集としては異例のベストセラーを記録し、現在でも多くの人に愛誦されている歌が満載である。

実際、「口語定型の新しさ」や「失恋の歌としての新しさ」（佐佐木幸綱　跋文）によって、現代短歌に新風を巻き起こしたこと、「ひとりの若い女性の第一歌集という枠を越えて、短歌史に大きな意味をもつ」（永田和宏『現代秀歌』、二〇一四年、岩波新書）など、その評価は揺るぎないものになっている。

代表的な収録歌は、次の通り。

愛人でいいのとうたう歌手がいて言ってくれるじゃないのと思う
「嫁さんになれよ」だなんてカンチューハイ二本で言ってしまっていいの
「この味がいいね」と君が言ったから七月六日はサラダ記念日

有名な歌をあげようとしたらそれだけで数ページが必要となる。一つの歌集の中で、これだけ人口に膾炙した歌がひしめくのも珍しいだろう。

短歌や文学には全く興味のない人々も、俵の歌（少なくともその一部分）は、すっと口をつく。私事だが、文学には全く明るくない友人に、「俵万智さんから歌集を頂いた」という話をしたところ、即座に「俵万智記念日だね」と冗談めかして言われたことがある。そのとき、俵短歌の凄さを実感した。

短歌が音を命とする芸術である以上、ぱっと口ずさめる、暗誦に耐えうるというのは、とても重要な要素だ。そういう意味でも、『サラダ記念日』は、今風に言えば「バズる」素質を十二分に秘めていた。

それでは実際に歌を鑑賞していこう。

会うまでの時間たっぷり浴びたくて各駅停車で新宿に行く
君と食む三百円のあなごずしそのおいしさを恋とこそ知れ
君を待つことなくなりて快晴の土曜も雨の火曜も同じ
「元気でね」マクドナルドの片隅に最後の手紙を書きあげており

『サラダ記念日』より

『サラダ記念日』らしい歌を四首あげた。このように、身近な題材から等身大の恋を歌い上げる歌。一方で、かわいた題材と手触りによって失恋を詠む歌。それらが歌集の中心にある。

とはいえ、もちろんそう単純ではなく、どちらとも即断できない曖昧さやそれを支える感性にこの歌集の魅力があると私は思っている。そこで、次からは私が特に気になる歌をとりあげて、その点を鑑賞していきたい。

午後四時に八百屋の前で献立を考えているような幸せ

おや？　またストレートに幸せを詠んでいる歌じゃないの？　という印象を持たれたかもしれない。だが、この歌、少し天邪鬼というか、ちょっぴり仕掛けがあることにお気づきだろうか。

この歌は恋愛に彩られた歌が並ぶ中に位置しているので、最初に読んだときには、恋人に夕飯を作るために、八百屋で献立を考えている情景が浮かんだ。だが、曲者なのは「ような幸せ」だ。素直に、「という幸せ」ではダメなのだろうか。

ここで思い出すのが、黒田三郎「紙風船」（『現代日本詩集〈第21〉もっと高く』、一九六四年、思潮社所収）という詩だ。

落ちてきたら
今度は
もっと高く
もっともっと高く
何度でも
打ち上げよう
美しい
願いごとのように

『サラダ記念日』より

この詩は、比喩と主体とが逆転している。主眼は打ち上げたい願いにあるはずなのに、それを敢えて比喩にして、本来ならば比喩であるはずの紙風船を実景にしている。このことについて、ドイツ文学者で作家の柴田翔は『詩への道しるべ』（二〇〇六年、ちくまプリマー新書）で、次のように指摘した。

メッセージが軽やかな紙風船のイメージに託されている（中略）それによって読者は「願いごと」の内容を、決して重苦し過ぎるものとは感じない。

「午後四時」の歌は、「紙風船」と趣向こそ違うが、その発想には近いものがあり、ただストレートに詠んだら平凡な恋愛の一幕を、敢えて比喩として逆転することで、「軽すぎるものとは感じ」させない。

この歌に限らず、俵は、平凡な愛ほどストレートに詠わない。そんな少し「天邪鬼」な言葉が歌におかしみを生む。

やみくもに我を愛する人もいて似ても似つかぬ我を愛する
「ほら」と君は指輪を渡す「うん」と吾は受けとっているキャンディのように
ハンバーガーショップの席を立ち上がるように男を捨ててしまおう

天邪鬼繋がりで、三首だ。
まず一首目。書評家の三宅香帆は、『（読んだふりしたけど）ぶっちゃけよく分からん、あの名作小説を面白く読む方法』（二〇二〇年、笠間書院）の中で、この歌をとりあげて、次のように語っている。

俵万智という歌人は、彼女の歌を読んでいると、がっつり「愛されるより愛したい」派の人なんじゃないかな〜と勝手に思えてしまう人なので、まあ、やみくもに愛されたとしても、ちょっと冷めた目で相手のことを見つつ「自分もやみくもに愛してるときは、こういう、『似ても似つかない相手』を愛しているんだろうな……」とか思ってそうだな、と妄想してしまう。

指摘されている通り、深く愛されてしまうからこそ、その分冷めた視線が生まれる。そんな天邪鬼さが、歌のおもしろさを生んでいるように思う。

二、三首目についても、「指輪」や男を「捨て」るという重さに対して、「キャンディ」や「ハンバーガーショップ」という軽やかな素材を重ねる。重いプレゼントで恥ずかしいからこそ、まるでキャンディであるかのように渡しているし、辛い思いがあるからこそハンバーガーの包み紙のように捨てようとしている。裏にずしりとした重たい気持ちがある

『サラダ記念日』より

からこそ、読み味が軽くなる。先の平凡さを敢えて比喩にするように、そんな天邪鬼さが、俵の短歌を読み解く面白さではないだろうか。

ため息をどうするわけでもないけれど少し厚めにハム切ってみる

ここまで、重さがあるからこその軽さという両極の反転について、味わってみた。今度は、その中間にある「あわい」について味わいたい。

俳人の飯田龍太との対談(「俳句と短歌のふるさと」山梨日日新聞、一九九一年)で、俳句と短歌との違いについて、俵は次のように語っていた。

短歌も読み手の感情や読み方によって、いろいろに解釈されることがあります。短歌は作者が自分の言いたいことを言い切ってしまった後でいろいろに解釈されるということなんでしょう。

俵自身の短歌もその例に漏れない。だが殊に、俵の場合は、その「いろいろに解釈される」幅が意外と広い。それは、感情を言い切らないことが要因ではないだろうか。つまり、前向きにも、後ろ向きにも読むことができる。その代表が、この「ため息を……」の歌だ。

実際、はじめてこの歌を読んだとき、明るい歌なのか暗い歌なのか、どちらだろうと判然としなかった。明るいとも断言できないし、でも落ち込んでいるとも言い切れない。そんな曖昧な感じが、そのまま歌になっている。だから、人によっては「少し厚めにハム切ってみる」に明るさを見るし、あるいは「ため息」に悩みを感じるし……。そうやって、それぞれの気持ちを投影することができる。

そのあいまいな感じを更に決定づけているのが、「どうするわけでもないけれど」という言葉。この言葉のおかげで、積極的に解決してやろうとか、あるいは徹底的に悲しんでやろうとか、そのどちらかに振り切った印象を与えないのだ。

同じように読めるのは次の歌。

　そら豆が音符のように散らばって慰められている台所

『サラダ記念日』より

「慰められている」ということは、おそらく背景に何か悩みごとがあるはずだが、それを

「悩んでいる」などと直言せずに、裏から詠む。更に、慰めてくれているのは、「そら豆が音符のように散らばって」いること。賑やかで楽しい雰囲気に聞こえるが、それがあくまで豆であるというところがユーモラスだ。丁寧に読めば読むほど、明るさとも暗さとも言い切れない「どうするわけでもないけれど」を感じさせる。

以上のように、曖昧な感情をそのままに提示してくれる「どうするわけでもないけれど」は、俵万智を貫く一つのキーワードだと考えている。

「この味がいいね」と君が言ったから七月六日はサラダ記念日

誰もが知っている短歌、日本で一番（つまりは世界で一番）有名な短歌といったらこれなんじゃないだろうか？

「記念日」という概念がある。改めて考えると、人はなんのために記念日というものを発明したのだろう。たとえば、この「サラダ記念日」。ある年の七月六日に、「よし今日をサラダ記念日にしよう」と思いついたのだろう。記念日にしようと決意することは、未来に向けた考え方だ。つまり、記念日として設定するとは、翌年の七月六日も一緒に祝おうという、今この瞬間から輝かしい未来を見据えていることを意味する（「終戦記念日」などを除いて、多くの記念日が祝祭の彩りに満ちているのはそのせいでだろう）。

そして記念日の設定は、未来において、過去を思い出す準備をしていることでもある。つまり、毎年の七月六日になったら、「そうだ、去年の今日、サラダがおいしいって言ってくれたんだ」という、過去へのまなざしが生じるように仕掛けているわけだ。俳人の小津夜景の言葉を借りれば、次のように表現できる。「思い出すとは過去がここに届くことだ。思いがけない絵葉書のように。」（『カモメの日の読書　漢詩と暮らす』二〇一八年、東京四季出版）。

ただし、ここには大きな大きな危険が伴っている。それは、未来でも、同じ気持ちでこの記念日を思い出せるとは限らない、という残酷な事実である。たとえば、この「サラダがおいしいといってくれた君」と別れたら、どうなるだろう。七月六日は思い出したくもない最悪の一日に豹変してしまう。

要は、この記念日という概念は、未来に向けて思いを馳せるのと同時に、過去を想起させる準備をしている。ただし、記念日を軸に、時間が双方向に流れているために、時には危険も伴う不思議な装置なのだ。

ではここで話を戻すと、『サラダ記念日』は、未来に向けた眼差しが中心となっている。

『サラダ記念日』より

つまり、過去への回想や、この記念日が思い出したくもない一日になりうる危険性を孕んでいることなど、ほとんど考えられていない。それほどまで、目の前の恋の中に、きらきらとした未来を夢見ることができている。ひとえに若さがなしうることだからといえるだろう。

思い出の一つのようでそのままにしておく麦わら帽子のへこみ

この歌も、今この時間を尊いものとして扱い、その信仰は偶然にできた麦わら帽子のへこみにまで至る。記念日のように完全に残すことはできないが、「へこみ」すらも未来に残したいと願っている無邪気さが伝わってくる。更に、「一つのようで」という言葉が、その日にあった多くの思い出を暗示しており、どこまでもキラキラとした印象を受ける。

歌人の穂村弘は、「共感と驚異」を「短歌が人を感動させるために必要な要素」と論じており、この「思い出の」の歌をその例として挙げている。穂村の論を補足しておくと、「その気持ちわかる」という「共感」と、「え、どういうこと」という「驚異」の両輪が短歌には必要なのだ。前者だけだと理解はされるが歌としては引っ掛かりの乏しい平凡な作品に陥り、後者だけだと賛同を得るのが難しい。両方が兼ね備えられることで、共感されつつ、グッと心に残る歌ができるのだという。「思い出の」の場合、共感は「麦わら帽子」、そして「驚異」がそのへこみという細部にまで踏み込んだ点にある。

二十代前半で、純真に未来だけをまっすぐに見据えることができる。未来のためだけに記念日を設定できる若さに彩られている。『サラダ記念日』という歌集のタイトルそのものが、そのことを表しているのだろう。

思い出はミックスベジタブルのよう　けれど解凍してはいけない

『サラダ記念日』より

さきほど『サラダ記念日』のほとんどは、未来に向けた明るい眼差しと書いたが、もちろんすべてではない。思い出の危険性を直観したような歌もあり、それがこの歌だ。「ミックスベジタブル」。カラフルで、お弁当や付け合わせには欠かせないが、少し安っぽい印象も受ける。同じ色とりどりの野菜料理である「サラダ」に比べれば、明らかに格が下だ。もう一つ「サラダ記念日」と対比するならば、「記念日」は、愛し合う二人が合意で未来に向けて設定するものだが、「思い出」はひとりでに生成される。思い出は確かに美しいが、「記念日＝サラダ」に比べれば、随分とお手軽だし、解凍すること（思い出すこと）で嫌な気持ちになることも多い。それが「解凍してはいけない」という強い決意に集約されている。

つまり、記念日以上に蓄積されやすく、その分危険性が高い「思い出」という代物が持つ危険性を本能的に嗅ぎ取った歌なのではないかと感じさせるのだ。

以上二首、記念日や思い出に関する歌を鑑賞したが、これ以降年を追うごとに、この記念日に対する感覚が徐々に変わっていく。第六歌集『未来のサイズ』では、それが特に顕著だ。第二歌集以降を読むにあたって、そうした変化も楽しんでみてはいかがだろうか。

『とれたての短歌です。』

＊　より

『もうひとつの恋』

二週間先の約束嬉しくてそれまで会えないことを忘れる

何層もあなたの愛に包まれてアップルパイのリンゴになろう

『とれたての短歌です。』＊『もうひとつの恋』より

おみやげを手渡す時にふれあった指先つつんで帰る手袋

葉桜を見に行くならば雨あがり私でなくてはいけない人と

『とれたての短歌です。』＊『もうひとつの恋』より

はつなつの公園を行くあんだんてあなたの二歩と私の三歩

きらきらのプールサイドに君を待つたて一列にことば並べて

『とれたての短歌です。』＊『もうひとつの恋』より

「今いちばん行きたいところを言ってごらん」行きたいところはあなたのところ

まっさきに気がついている君からの手紙いちばん最後にあける

『とれたての短歌です。』＊『もうひとつの恋』より

まだ何も書かれていない予定表なんでも書けるこれから書ける

＊

『とれたての短歌です。』＊『もうひとつの恋』より

デジタルの時計を0、0、0にして違う恋がしたい　でも君と

春一番の思いよ届け青空はあなたに続く色の階段

『とれたての短歌です。』＊『もうひとつの恋』より

はつなつのボーンチャイナの白が好きしたたるような予感をのせて

一枚の葉書きを君に書くための旅かもしれぬ旅をつづける

『とれたての短歌です。』＊『もうひとつの恋』より

鑑賞の手引き――渡辺祐真

『とれたての短歌です。』 浅井愼平との共著・一九八七年十二月・角川書店刊
『もうひとつの恋』 浅井愼平との共著・一九八九年五月・角川書店刊

俵の短歌と写真家・浅井愼平の写真が融合した歌集。まず俵が短歌を詠み、その歌を踏まえて浅井が写真を付けた、珍しい構成に仕上がっている。

『とれたての短歌です。』は一九八七年、『もうひとつの恋』は一九八九年刊行。『サラダ記念日』と『かぜのてのひら』の間にあたるが、元となる連載は「月刊カドカワ」一九八七年二月号から始まっているため、『サラダ記念日』(同年五月刊)の単行本刊行よりは早い。

元の本では写真に加えて、独特のレイアウトが印象的だ。

まっさきに気がついている
君からの手紙
いちばん最後にあける
『とれたての短歌です。』

今日こそは
電話つれなく切るために
びっしり埋めておく予定表
『もうひとつの恋』

右のように、句切れや意味の盛り上がり部分で改行がなされ、歌としてのドラマチックさや情景の立ち上がりがより鮮明になっている。だが、今回は独立した短歌として楽しんでほしい。

なお、掲載されている短歌は他の歌集に収められておらず、現在では両歌集が品切れであるため、なかなか読むことができない。

『とれたての短歌です。』＊『もうひとつの恋』より

『かぜのてのひら』より

百枚の手紙を君に書きたくて書けずに終わりかけている夏

はなび花火そこに光を見る人と闇を見る人いて並びおり

『かぜのてのひら』より

悲しみがいつも私をつよくする今朝の心のペンキぬりたて

語尾弱く答える我に断定の花束をなぜ与えてくれぬ

『かぜのてのひら』より

朝もやの記憶の中の時計台ぼんぼんぼんやり流れてゆくか

君が使いしタオルと気づく思いきり君の匂いをかいでしまって

『かぜのてのひら』より

海底に鯨の親子が鳴きかわすように心を結べればいい

つややかなつぼみの皮膚は咲いたなら顧みられぬ裏側になる

『かぜのてのひら』より

今何を考えている菜の花のからし和えにも気づかないほど

散るという飛翔のかたち花びらはふと微笑《ほほえ》んで枝を離れる

『かぜのてのひら』より

あいまいなビル立ち並ぶ街だから我ら愚直に愛を語らん

ピストルの音　いっせいにスタートをきる少女らは風よりも風

『かぜのてのひら』より

疑わずトラック駆けてくる一人すでにテープのないゴールまで

チューリップの花咲くような明るさであなた私を拉致せよ二月

『かぜのてのひら』より

三度めの春を迎える恋なればシチューを煮こむような火加減

さみどりの葉をはがしゆくはつなつのキャベツのしんのしんのしんまでひとり

『かぜのてのひら』より

可能性という語の嘘を知っている十七歳のめんどうくささ

四万十《しまんと》に光の粒をまきながら川面をなでる風の手のひら

『かぜのてのひら』より

泡だちのよいシャンプーのような波五月の足摺岬を洗う

風そよぐせいたかのっぽの木の頭上　我には見えぬ青空がある

『かぜのてのひら』より

四国路の旅の終わりの松山の夜の「梅錦」ひやでください

我という銀杏やまとにちりぬるを別れた人からくるエア・メール

『かぜのてのひら』より

海鳴りに耳を澄ましているような水仙の花ひらくふるさと

家族というまあるいケーキ切り分けて吾にひとつぶの苺をのせる

『かぜのてのひら』より

教壇をおりれば最後のベルの音の余韻の余韻も消えてしまえり

四回の春夏秋冬ぐりぐりぐりぐりぬけてさよなら橋本高校

『かぜのてのひら』より

定期券を持たぬ暮らしを始めれば持たぬ人また多しと気づく

ベランダのコンクリートの割れ目からそっと世界をのぞくタンポポ

『かぜのてのひら』より

地下鉄へ降りゆく階段なかばにて抱かれておりぬ予想通りに

それぞれに帰る場所持つ肉体をぬけがらとして立つ冬の海

『かぜのてのひら』より

鑑賞の手引き――渡辺祐真

『かぜのてのひら』

第二歌集・一九九一年四月・河出書房新社刊

一九九一年（作者二十八歳）に出版。

この歌集は、誰でもなかった少女の俵万智が、『サラダ記念日』によって歌人・俵万智になってから初めての歌集だ。

したがって、「原作・脚色・主演・演出＝俵万智、の一人芝居」（『サラダ記念日』あとがきより）と自分で銘打ったほどの無邪気さや詠み手の主張は、少し鳴りを潜めている。

四万十《しまんと》に光の粒をまきながら川面をなでる風の手のひら
やわらかな秋の陽ざしに奏でられ川は流れてゆくオルゴール

樹は揺れるあなたが誰を愛そうとあなたが誰から愛されようと

表題作を含む以上の三首のように、景物を詠んだ印象的な歌が増えた。『サラダ記念日』では「やさしいね陽のむらさきに透けて咲く去年の秋を知らぬコスモス」や「空の青海のあおさのその間《あわい》サーフボードの君を見つめる」のように、人為のための鮮やかな背景のような登場が多かったが、俳人の飯田龍太が「自然に対する目がはるかにシャープになっている。」(「俳句と短歌のふるさと」前掲)と指摘した通り、自然をより一層深く観察し、その様を人工的に飾る歌が増えた。つまり、歌で自然を詠み伏せようという力技ではなく、言葉を自然に溶け込ませるような柔和な態度と言っていいだろう。

要するに、一歩引くことが多くなり、恋愛観や人生観も冷めたものが覗くようになる歌集。『かぜのてのひら』は、そのように括ることができる。

それは、二十代後半にさしかかり、より本格的に高校の教員として働きはじめたことと無縁ではないだろう。実際、教師という仕事の要諦がそこにある。つまり、学校空間の主役は、生徒や学生であり、先生たちは少し引いたところで、彼、彼女らの生活や成長を見守る。

その引いた態度は、男性に対しての目線も同様だ。その代表が次の歌。

自転車を漕いで初めて会いにゆきし日のスピードを思いつつ漕ぐ

おそらく、ある程度付き合った恋人のところに行く歌だろう。「初めて会いにゆきし日のスピードを思いつつ漕ぐ」とは、裏を返せば、今は初めて会った日のスピードではない。前はあんなに飛ばしていたのに、今ではしっかり、ゆっくり安全運転。そしてそんな自分から距離をとって、冷静に見つめているという、徹底的に引いた歌だ。

こうした冷静さは、『サラダ記念日』にある「会うまでの時間たっぷり浴びたくて各駅停車で新宿に行く」という歌と比較することでより明瞭になるはずだ。

頬の雪はらいてくれる指先をたとえば愛の温度と思う

渡されし缶コーヒーは生ぬるくあなたをかばうように飲みほす

同様に、本歌集の二首も『サラダ記念日』と比較してみよう。

『サラダ記念日』において寒い中での恋人とのやり取りと言えば、「『寒いね』と話しかければ『寒いね』と答える人のいるあたたかさ」だった。つまり、「寒いね」と言う、そうすると相手が「寒いね」と言ってくれる、それが幸せだったのだ。

ところが、『かぜのてのひら』では違う。

雪が降って寒い時には、具体的に頬の雪はらってほしい、それが愛だ。寒いときには、ちゃんと生ぬるくない缶コーヒーを渡してほしい。

このように恋人に対して求めるものが、明らかに変化している。しかも、「たとえば」とまで言ってのける。「これぞ」とかではなく、あくまで一つに過ぎない。更に、「生ぬるい缶コーヒー」を「かばうように飲みほす」という、男性への呆れと優しさがないまぜになった態度を示す。

これが『かぜのてのひら』の境地だ。

しばらくは白くなりたき心ありユリの考えごとにつきあう

『かぜのてのひら』より

短歌に限らず、言葉の芸術では、比喩として「色」が多用される。作家によって得意とする色は様々だが、俵の場合は特に「白」を巧みに駆使する。この歌はその代表だ。おそらく悩んでいるのは詠み手自身なのにも拘らず、あくまでユリの考えごとに付き合ってあげる、と言う（天邪鬼ぶりが感じられる）。真っ白（まっさら）に考えごとのできるユリに憧れ、ユリのように考えられたら、自分の悩みも晴れるのではないか。そんな爽やかさを、白が放っている。

俵短歌における「白」といえば、『サラダ記念日』にも「君の待つ新宿までを揺られおり小田急線は我が絹の道」や「ワイシャツをぱぱんと伸ばし干しおれば心ま白く陽に透けてゆく」といった、白が印象的な歌がたくさんある。

ここで俵短歌の多様さをより深く考えるために、歌を一首挙げてみる。

カンヴァスの白ではなくて丹念に塗りこめられた白なり津軽

また「白」が登場した。

この歌には、二種類の「白」が存在している。まずは「カンヴァスの白」。この白は、何かが描かれることを待っている白だ。つまり無ではあるものの、可能性を秘めている。

そしてもう一つが「塗りこめられた白」。こちらの白は、もうこれ以上色を寄せ付けない。つまり、可能性を持たない白なのだ。

これで思い出すのは、十九世紀のフランスを代表する詩人ステファヌ・マラルメ。彼は『半獣神の午後』という作品で、白にいろいろなイメージを託した。たとえば、これから詩が書かれることを待っている可能性に満ちた真っ白な紙。何物にも汚されていない純真な白。あるいは、何ものも寄せ付けない白い空っぽ。更には、かつては何かがあったのに、今ではそれかが失われたネガティブな空白。

そのような、マラルメにおける多様な白について、宗像衣子は、次のように説明している。(「芸術の響き合い・文化の響き合い：マラルメの無と日本美術における自然観」神戸松蔭女子学院大学研究紀要 人文科学・自然科学篇(47)、二〇〇六年)

白は、マラルメが詩と詩論の随所にちりばめる、顕著な思考を担った語である。純粋、欠如、不毛、不可能性、無、そしてかつ、全的可能性、無限。余白、意味ある余白の意識も、この語によって表現されている。

『かぜのてのひら』より

無限の可能性を秘めつつ、しかし同時に虚無でもあるという、両極端を「白」という色に仮託しているというわけだ。

マラルメの白を、この歌にあてはめれば、「カンヴァスの白」は、無限の可能性を持つ白。「塗りこめられた白」は、虚無の白といえる。

こうした「白」の微細な差を見出すのが俵短歌では重要だ。さきほどのユリの白についても、この両方をユリが担っていると考えれば、何も考えなくていい虚無に身を浸すことで悩みを一時でも忘れたいとも読めるし、一方で可能性のある白に自らを任せて、もう一度再出発したいとも読むことができる。

俵短歌の白は実にカラフルなのである。

エアポートのざわめきの中に「そら」という日本語聞こえてふりむいており
夕焼の千歳空港あとにして我という名の忘れ物する
日本ノ我サヨナラと思うころ静かに水平飛行にはいる

空港にまつわる三首。俵は様々な場所に旅行したり、何度も引っ越しをするので、「空港」

はよく詠まれる。

言うまでもないことだが、空港とは国の出入り口だ。古来、そういった交通の要衝は歌のテーマになることが多かった。たとえば、歌枕としても名高い「逢坂の関」には、「これやこの行くも帰るも別れては知るも知らぬも逢坂の関」（蟬丸）や「夜をこめて鳥の空音は謀るともよに逢坂の関は許さじ」（清少納言）という名歌があるし、「白河の関」にも「都をば霞とともに立ちしかど秋風ぞ吹く白河の関」（能因）という、西行や芭蕉に読み継がれた絶唱がある。関を越えることで望郷の念に駆られたり、旅情を催したりすることを歌うストレートな読みぶりもあれば、恋愛の障害という比喩的な次元で関所が扱われるなど、関所は多層的な効果を発揮した。

和歌研究者の渡部泰明は、和歌における関所の効果について、「境界」というキーワードを使って次のように説明している。


和歌は、現在の自分の理想への思いを表現するものだ、だから現状に対して否定的なまなざしを注ぎ、基本的に衰亡や未完の状態を詠むことになる（中略）とすると作者は現実でもなく理想でもない、ずいぶん中途半端な状態に立たざるをえないことにな

『かぜのてのひら』より

る。（中略）水辺、崎、みなと、山の端、道、関、垣根、軒など、境界の表象は和歌にふんだんに登場する。
（『和歌史　なぜ千年を越えて続いたか』二〇二〇年、角川選書）

「空港」は現代版の関所だ。そこでは様々な出会いや別れが生じることもあれば、自分がまっさらになったり、今までの自分とは違う何者かになったりと、大きな変化の舞台となりうる。俵短歌でも、改めて自分を見つめ直したり、これまでとは違う何かを発見したときに、空港が印象的に作用している。特に三首目は空港の持つそうした磁場に対して自覚的だ。

一首目もその自意識が徹底されている。というのも、この歌は石川啄木の名歌、

ふるさとの訛なつかし
停車場の人ごみの中に
そを聴きにゆく

の本歌取りとも捉えられるからだ。

先述の通り、俵と啄木の類似はしばしば指摘されるし、『あなたと読む恋の歌百首』(二〇〇五年、文春文庫)などでは俵自身が啄木について印象的に取り上げている。さて、啄木が「聴きにゆく」という意識的な行動なのに対して、俵は「聞こえてふりむいており」という、母語が耳に届き、気がついたら振り向いていたという無意識的な行動を詠んでいる。更に場所も、啄木が「停車場」なのに対して、俵は「エアポート(空港)」。俵の場合は、郷愁のようなものからは無縁で、ただ反射的に突然聞こえた母語に驚いている。逢坂の関や白河の関、そして停車場に比べると、なんとカジュアルな読みぶりだろうか。俵短歌のカジュアルさは、詠み古された題材から、さっとその手垢を拭い取り、全く新鮮な感覚を付与してしまう。それはひとえに、空港という新しく、そして境界の場に立っているからかもしれない。

二首目。この歌の前に北海道での恋らしきものが詠まれている。すると、この空港を境にして、その恋が終わってしまう。詠み手は、空港の向こうにある世界から、空港のこちら側にある日常の世界に戻る。だからだろうか、時刻も、昼と夜との境界である「夕方」に設定されている。

そんな「境界」に彩られた場所で、境界の向こうに残していく気持ちを惜しむような歌

『かぜのてのひら』より

だ。

冒頭で、『サラダ記念日』の無邪気さが鳴りをひそめると書いたが、二十代後半という、社会人としてもそろそろ慣れてきた時期に上梓されたこの歌集自体が、若者と大人という境界に屹立する記念碑のような側面を持っている。

『チョコレート革命』より

眠りつつ髪をまさぐる指やさし夢の中でも私を抱くの

優等生と呼ばれて長き年月をかっとばしたき一球がくる

『チョコレート革命』より

チョコレートとろけるように抱きあいぬサウナの小部屋に肌を重ねて

友だちに着地を決めた人と会う食前酒にはベリーニがいい

『チョコレート革命』より

「勝ち負けの問題じゃない」と諭されぬ問題じゃないなら勝たせてほしい

愛することが追いつめることになってゆくバスルームから星が見えるよ

『チョコレート革命』より

逢うたびに抱かれなくてもいいように一緒に暮らしてみたい七月

死というは日用品の中にありコンビニで買う香典袋

『チョコレート革命』より

骨の髄味わうためのフォークありぐっと突き刺してみたき満月

蛇行する川には蛇行の理由あり急げばいいってもんじゃないよと

『チョコレート革命』より

一年に一ミリ伸びるミズゴケに蓄えられる湿原の時間《とき》

忘れるという知恵を持つこの国の平和、それでも平和を愛す

『チョコレート革命』より

年下の男に「おまえ」と呼ばれいてぬるきミルクのような幸せ

綿棒を小さき闇にさし入れて君の見えない部分を探る

『チョコレート革命』より

それぞれに始めねばならぬ朝のため午前三時のバイク見送る

やさしすぎるキスなんかしてくれるからあなたの嘘に気づいてしまう

『チョコレート革命』より

誰かさんの次に愛され一人より寂しい二人の夜と思えり

もう二度と来ないと思う君の部屋　腐らせないでねミルク、玉ねぎ

『チョコレート革命』より

白和えを作ってあげる約束のこと思い出す別れたあとで

地図になきスラムの名前　煙なす「スモーキーマウンテン」塵芥の山

『チョコレート革命』より

自らを弔うようにゴミたちは腐敗、自然発火をなせり

文明とはすなわちゴミの異称にてコーラの缶を投げる青空

『チョコレート革命』より

星をもぐ女が夢にあらわれてマンゴスチンひとつ置いてゆきたり

木を雲のように浮かべてラ・マンチャは空の広さに広がる大地

『チョコレート革命』より

ふと思いついた感じのシャンパンの気泡のような口づけが好き

抱きあわず語りあかせる夜ありてこれもやさしき情事と思う

『チョコレート革命』より

家族という制度のなかへ帰りゆく君はディオールの香り残して

男ではなくて大人の返事する君にチョコレート革命起こす

『チョコレート革命』より

妻という安易ねたまし春の日のたとえば墓参に連れ添うことの

家族にはアルバムがあるということのだからなんなのと言えない重み

『チョコレート革命』より

君が妻を抱く夕べかな軒先に溶けきれないでいる雪だるま

ポン・ヌフに初夏《はつなつ》の風ありふれた恋人同士として歩きたい

『チョコレート革命』より

鑑賞の手引き――渡辺祐真

『チョコレート革命』

第三歌集・一九九七年年五月・河出書房新社刊

一九九七年出版。三十歳前後の頃に詠んだ歌が収められている。

この歌集の中心となるテーマは「性」。様々な相手との恋愛が詠まれ、中には不倫に関する歌、そして「一枚の膜を隔てて愛しあう君の理性をときに寂しむ」のように直接的な性を詠った作品など、同じ恋愛と言えどこれまでとは違った詠み味の歌が数多く見受けられる。

それに加えて、世界各地へ旅をし、文化の衝突から生まれる感情や光景、更には、これまでになかった社会詠までもが登場する。

それらを支えているのは「大人の感性」だ。三十代にさしかかったことで、詠み味が変わった。そうした変化を堪能していきたい。

脱け殻としてあるパジャマ抱き寄せてはかなき愛のかたちを崩す

一見すると、『サラダ記念日』にあった「思い出の一つのようでそのままにしておく麦わら帽子のへこみ」や「見送りてのちにふと見る歯みがきのチューブのへこみ今朝新しき」という歌などと、着想は似ている。好きな人が身に着けていたり、使ったりしたものに、そのままの形状が残っている、という点。

しかし、前者とは「麦わら帽子」と「パジャマ」という全く違う道具立てがなされていることにまず気がつく。「麦わら帽子」はさわやかで青春の匂いを感じさせ、若々しく、キラキラした小道具だ。それに対して、「パジャマ」は生活臭があふれ、実利的で、面白みもなく、性的なものも匂わせる。本来であれば、麦わら帽子よりも、夜を共にした証のパジャマの方が彷彿とさせる関係性は深いはずなのに、「はかなき愛」と称し、すぐにそれを葬ってしまう。

あるいは、暗示するところは極めて近い「歯みがきのチューブのへこみ」は、「新しき」

『チョコレート革命』より

という一語と、何気ないカップルの朝の一幕という爽やかさからがらりと印象が異なる。関係が深いからこそなのか、それとも未来のために残しておきたいような関係ではないからなのか。そのような後ろ暗さを催す一首で、純粋に未来へ向けて、思い出を大事にしていた明るいまなざしは、ここには存在しない。

抱かれることからはじまる一日は泳ぎ疲れた海に似ている
水蜜桃《すいみつ》の汁吸うごとく愛されて前世も我は女と思う

恋愛の歌ながら、どこか倦怠感が漂う。「泳ぎ疲れた海」は、もうあとは帰るだけ。はじまっているはずなのに、もう終わっている。

二首目。精一杯愛されており、幸福な愛の讃歌とも読めなくもないが、思い出しているのは「前世」だ。「来世も同じく女でありたい」とか「来世も愛されたい」といった未来志向ではなく、こんな絶頂の中で、過去を、それも自分の知らない過去を想像している。

いずれも、『サラダ記念日』のようなキラキラした希望とは無縁の、退廃的な愛の歌だ。

人間が人間として生きているブドウがブドウの木であるように

「性」とは違う、『チョコレート革命』らしい歌を挙げておこう。『かぜのてのひら』で紹介した「樹は揺れるあなたが誰を愛そうとあなたが誰から愛されようと」にくらべると、自然を自然のまま詠っている。『かぜのてのひら』では、自然の影に隠れて、人間を詠むような歌が中心だったが、『チョコレート革命』では、人と自然が対等に並存しているといえる。同様の趣向では「一年に一ミリ伸びるミズゴケに蓄えられる湿原の時間《とき》」、「一本のアスバラガスとして土に立ちたき午後やま白く太く」などがあるし、後述する「巣づくりの本能見せてヒト科オンナの妻というものあなどりがたし」は人と自然との対応というニュートラルな視線を意地悪く反転させたものだ。

湾岸戦争

テレビには油まみれの鳥映り鳥の視線の行方映らず

阪神淡路大震災

宝塚の友より届くファックスに「幸運」とあり家をなくせど

『チョコレート革命』より

『チョコレート革命』で初めて詞書が登場する。（詞書＝和歌の前に置かれ、その歌の題、あるいは作歌の動機や事情について説明する文を言う。／井上宗雄・武川忠一編『新編和歌の解釈と鑑賞事典』一九九九年、笠間書院）。

和歌ではよく見られるが、現代短歌では歌人によって使用頻度はまちまち。初期の俵の場合も、使用例は少ない。初めて用いられた詞書の内容は、湾岸戦争と阪神淡路大震災という社会的事件だ。

一首目。一九九〇年に勃発した湾岸戦争の様子がTV中継されている。その画面には、「油まみれの鳥」が映っている。ここで銃撃戦や難民などを詠まず、敢えて鳥を詠み、さらにその視線で戦禍を示すという、間接に間接を重ねた手法がより戦禍の凄惨さを伝える。

二首目。阪神淡路大震災から数日後、友人から安否を知らせるファックスが届いた。生き残ったことの「幸運」を伝えながらも、家はなくなってしまった。逆接の接続助詞を用いながらも、倒置されていることで、友人の、心配させまいとしながらも、さりとて大きな喪失感と苦難の中にいる状況をそのままに掬おうとしている。

二首とも『チョコレート革命』らしい成熟した手法と視点を用いて、社会を詠んでいる。

詞書だけではなく、社会的な事件に関して詠まれる社会詠も、これが初めてだ。これ以降、社会詠が増えていくが、初期の頃は数も少ない上に、間接的な詠み味だったことは俵の変遷を辿る上で重要だ。なお、詞書が用いられる歌は、本歌集にもう一首あるが、それはのちほどとりあげる。

巣づくりの本能見せてヒト科オンナの妻というものあなどりがたし
まざまざと君のまなざし受け継げる娘という名の生き物に会う
焼き肉とグラタンが好きという少女よ私はあなたのお父さんが好き

最も『チョコレート革命』らしい歌を挙げてみる。本歌集のキーワードである不倫で言うと、この三首が特に印象的。

一首目の「ヒト科オンナの妻」、二首目の「娘という名の生き物」という言葉は本歌集を貫く「一歩引いている」態度を突き詰めることで、おぞましさへと転化した歌。まるで別の生き物を観察するように、冷徹に対象を見据えている様が、不気味なほど浮かびあがる。

三首目は、どこかユーモラスな味わいも漂わせながら、そこに潜む刃は鋭利だ。少女が「焼き肉とグラタンが好き」というひたむきで無邪気な装いによって、詠み手も「あなたのお父さんが好き」なのかもしれないと思うと、『サラダ記念日』の爽やかさがそのまま呪詛として煮詰められたようだ。

蛇行する川には蛇行の理由あり急げばいいってもんじゃないよと
ゆりかもめゆるゆる走る週末を漂っているただ酔っている

不倫にまつわる歌を三首紹介したので、また違った印象を受ける歌も紹介しよう。こんなのんびりとした、おおらかな歌が、「ヒト科オンナの妻」の歌と同居しているのが、この歌集の醍醐味だ。

俵というと、『サラダ記念日』があまりにも鮮烈で、世間一般にはそういった歌の印象が根強いが、それだけではない。時とともに大きく詠風は変化しているし、なによりも歌の幅が広い。この歌集あたりから、そうした俵のダイナミックで、強靭な変貌を受け止めるのが楽しい。

男ではなくて大人の返事する君にチョコレート革命起こす

表題作だ。「君」を不倫相手と仮定すれば、杓子定規で、常識的な返答をされたことに対して、なにがしかの対応をとった、という内容だろうか。

やはり気になるのは「チョコレート革命」という一語。チョコレート革命とはなんなのだろう。この世には、「フランス革命」や「五月革命」、それに「カーネーション革命」や「無血革命」、果ては「エネルギー革命」まで様々な革命が存在する。「フランス革命」は起きた国の名前を、「五月革命」は発生した時期をそれぞれ冠する。「カーネーション革命」は革命のシンボルだし、「無血革命」は革命の過程、「エネルギー革命」は革命の対象。革命との修飾関係は多様だ。

「チョコレート革命」は、上記いずれの用法ともとれない。とすると、ますますチョコレート革命の謎が深まる。

分解して考えてみよう。まずは「チョコレート」から。チョコレートというお菓子は、実にバラエティ豊かだ。国や時代によって、その形態も商品的価値も、そして味わいも多

『チョコレート革命』より

岐に渡る。

二十世紀になって、チョコレートが大量生産・大量消費の時代に入ると、工場生産の規格品チョコレートとは異なる味わいを求める消費スタイルが現れた。（中略）稀少性、差異がアピールされ、並べられた多様なテイストを消費者が選択することを迫られる。

（武田尚子『チョコレートの世界史』、二〇一〇年、中公新書）

現在でも、かたやコンビニやスーパーで安価で大量に売られているものがある一方、デパートや専門店でしか売られていない、高級で華やかなチョコレートも存在する。あるいは、その味わいについても、ビターチョコレートやミルクチョコレート、辛いチョコレートまで、一つの食べ物とは思えないほどに多くの種類が製造されている。

ここで思い出すのは「恋愛」だ。二十世紀になって、それまでにはなかった自由恋愛が根付いた。自由恋愛になれば、それまで以上に様々な恋愛の形態が生まれるわけだ。チョコレート同様、恋愛という一語で括るにはあまりに多種多様。

ここではチョコレートと恋愛がアナロジーで捉えられているのではないかと思う。その根拠があとがきにある俵自身の言葉だ。

恋には、大人の返事など、いらない。君に向かってひるがえした、甘く苦い反旗。チョコレート革命とは、そんな気分をとらえた言葉だった。

『チョコレート革命』より

チョコレートには様々なものが存在しているが、ここで俵が念頭に置いているのは「甘く苦い」オーソドックスなチョコレートだし、恋愛においても「大人の返事」などではなく、「THE恋愛」と呼ぶべきオーソドックスな返事を求めている。

ただし、注意しなければならないのは、ただ単にオーソドックスなものを求めているわけではない点。辛いチョコレート、塩辛さが甘さを引き立てるチョコレート、不条理な恋愛、大人の恋愛、いろんなものの在り方を全て了解した上で、それでもなおオーソドックスなものが欲しいのだ。このチョコレートには多様なものを理解しつつ、でも甘いものを選び取るという強固な意志が読み取れる。

そのチョコレートの含意は次の歌にも色濃い。

コンドーム専門店

チョコを買うように少女ら群がりて原宿コンドマニアの灯り

あどけない少女たちが、チョコレートのように避妊具を買い求める。このチョコレートには、「避妊具」という大人らしさを含意しつつも、「気楽に買う」という選び取る姿勢が前面にある。チョコレートによって照らされる無邪気さは、ただ表層的なものではなく、一周回ったものなのだ。

さて、チョコレートを「多様さを理解しつつ、その上で選び取った無邪気さ」と解釈した上で、続いて「革命」だ。

それにしても、ただの恋愛に革命とはずいぶん大袈裟ではないか。先に列挙した様々な革命は、いずれも歴史的または社会的な事件だ。個人的な恋愛には似つかわしくない。そこで、これが装われた「劇」ではないかと考えてみたい。

先にも引用した通り、俵は自身の歌集について「原作・脚色・主演・演出＝俵万智、の一人芝居」と銘打ったことがある。もっと言えば、自分を題材にして、短歌という劇に仕上げたことを意味する。自分を女優にした一つの恋愛劇、その舞台となるのは、劇にはもってこいの不倫。つまり、「革命」という語は、不倫が劇的なものとして、（ある程度）演出されているキーワードと読むことができるのではないか。

不倫は、双方の絶妙な演技と抑制と解放、それらによって成り立つ高度な駆け引きである。どちらかが過度に本気になったり、演技を辞めて冷静な本道の関係を求めたりしたら、それは不倫ではなくなる。

たとえば、次のような行動は演技を侵犯してしまう。

無理をしてほしいと言えば会いにくる深夜かなしく薔薇を抱えて

無理をして会いに来てと頼んでも、いざそれを真に受けて、薔薇まで抱えて深夜に来ることは演技を越えて、本気になってしまいかねない。その末路は、「かなし」いだけだ。

家族という制度のなかへ帰りゆく君はディオールの香り残して
「夫婦などつまらぬ日常」と言う君の日常の語が我には眩し

『チョコレート革命』より

同様に、必要以上に家族を想起させるのはマナー違反だし、かといってやたらと家族を下げるのもわざとらしい。そうではなくて、ともに節度を持って演じきるのが肝要だ。実際、本歌集の後半には、やたらと演技的な歌が目立つ。

泥棒猫！　古典的なる比喩浴びてよくある話になってゆくのか
君と見るモローの神話の風景に閉じこめられてしまいたき午後
恋愛が共犯となる旅をしてポンピドゥーに会う「眠れる女神《ミューズ》」

となれば、「チョコレート革命」とは、「全てを理解した上での、絶妙な演技を求めた」要求なのではないだろうか。巧妙に装われた「男」の返事をしてほしい。本気にさせられても困るが、同時に乾いた関係では満たされない。
とはいえ、詠み手自身もそこまで完全に言い切れないからこそ、次のような歌も詠まれる。

耳よりも大きな耳飾りを下げて「不倫はアート」と言い切れる友

以上をまとめると、「チョコレート革命」とは、本気の抗議ではないのではないか。詠み手はずぶずぶに相手に溺れているわけではなく、リスキーな関係を楽しもうとしている、まるで劇のように。しかし、詠み手自身も、完全には演じ切ることができず、時に本気に流されてしまいそうになる。そんな演技と本気との間を行きつ戻りつするのが、『チョコレート革命』という歌集だと鑑賞している。

『チョコレート革命』より

『プーさんの鼻』より

腹を蹴られなぜかわいいと思うのか　よっこらしょっと水をやる朝

熊のように眠れそうだよ母さんはおまえに会える次の春まで

『プーさんの鼻』より

吾《あ》のなかに吾でなき我を浮かべおり薄むらさきに過ぎてゆく梅雨

すでにおまえは一つのいのち日曜の朝の六時に動きはじめる

『プーさんの鼻』より

読みやすく覚えやすくて感じよく平凡すぎず非凡すぎぬ名

バンザイの姿勢で眠りいる吾子よ　そうだバンザイ生まれてバンザイ

『プーさんの鼻』より

機嫌のいい母でありたし無農薬リンゴひとかけ摺りおろす朝

乳はときに涙にも似て子の寝顔見れば奥よりつんと湧きくる

『プーさんの鼻』より

笑顔に今日声がついたよモノクロの画面カラーに変わるみたいに

生きるとは手をのばすこと幼子《おさなご》の指がプーさんの鼻をつかめり

『プーさんの鼻』より

咲きおえし花のごとしもゆく春の乳房はすでに張らなくなりぬ

記憶には残らぬ今日を生きている子にふくませる一匙《ひとさじ》の粥《かゆ》

『プーさんの鼻』より

友の死を告げる電話を置きしのち静かに我は哺乳瓶洗う

蒸し栗のような匂いに汗ばめる子どものあたま、五月となりぬ

『プーさんの鼻』より

昨日すこし今日もう少しみどりごはもこむくもこむく前へ進めり

匿名は仮面にあらず名を伏せて人は本音を語りはじめる

『プーさんの鼻』より

不良債権のような男もおりまして時々過去からかかる呼び出し

みどりごと散歩をすれば人が木が光が話しかけてくるなり

『プーさんの鼻』より

一人遊びしつつ時おり我を見るいつでもいるよ大丈夫だよ

おまえにはじいちゃんがいる背を曲げて肩車してくれるその人

『プーさんの鼻』より

むしろ死に近きおさなご這《は》いゆけばダメダメダメが口ぐせとなる

自分の時間ほしくないかと問われれば自分の時間をこの子と過ごす

『プーさんの鼻』より

ためらわず妻の名前を呼び捨てる弟に流れはじめる時間

ブーケトスおどけてキャッチする我の中で何かが泣きそうになる

『プーさんの鼻』より

「これもいい思い出になる」という男それは未来の私が決める

たんぽぽの斜面をゆけり犬が子がたぶん蚯蚓《みみず》がきっと魑魅《すだま》が

『プーさんの鼻』より

永遠に子は陸つづきあかねさす半島としておまえを抱く

揺れながら前へ進まず子育てはおまえがくれた木馬の時間

『プーさんの鼻』より

子の語彙《ごい》に「痛い」「怖い」が加わって桜花びら見送る四月

靴を履く日など来るかと思いいしに今日卒業すファーストシューズ

『プーさんの鼻』より

半年で買い換えてゆく子の靴に我が感慨も薄れてゆかん

みかん一つに言葉こんなにあふれおり　かわ・たね・あまい・しる・いいにおい

『プーさんの鼻』より

鑑賞の手引き――渡辺祐真

『プーさんの鼻』

第四歌集・二〇〇五年十一月・文藝春秋刊

二〇〇五年出版。作者四十二歳の歌集で、三十代半ばから四十代前半の歌が並んでいる。二〇〇三年にご子息を出産されたことで、子供にまつわる歌によって埋め尽くされた歌集だ。それは、俵自身が「ちょっとどうかと思うほど、たくさん作ってしまった」（『プーさんの鼻』あとがき）というほど。

というわけで、基本的には明るさによって縁どられている。あくまで、「基本的には」というところは後ほどしっかり考えていくとして、まずはその幸福に包まれてみよう。

すでにおまえは一つのいのち日曜の朝の六時に動きはじめる

やがてくる命を待てば逆光に輝きを増す隅田川見ゆ
四万十《しまんと》の源流点を思いおり　ある朝吾子に笑い生まれる

いずれも我が子を祝福している歌だ。幸せな様を幸せに詠むことは案外難しい。ただの平凡に堕してしまう恐れがあるからだ。だが、俵は惚れ惚れするほどに幸福な一瞬を、敢えて平凡に「見える」ように詠むことにかけて稀有な詠み味を持っている。日常感覚に密着した一首目は「すでに」という副詞が母の認識と時間経過をすっと言い当てているし、水面の輝きに託した二首目は「逆光」という言葉の光源がまるで幸せに包まれた自分のような印象を与え、そして、四万十をなでた「かぜのてのひら」のように優しい手で、自分の子を抱いている三首目も時間と空間が幸せという地点で一点に重なる。

たんぽぽの綿毛を吹いて見せてやるいつかおまえも飛んでゆくから
はつなつの光を汗にかえながら子は黄の薔薇をむしりつづける

『プーさんの鼻』より

今度は先ほどの一体化していた状態からは少し距離をとって、赤ちゃんを一人の人間と見なして、赤ちゃんに呼びかけたり、赤ちゃんをじっと見つめている。

一首目では、白い綿毛がふわりと空中に漂い、それを追う視線はいつかこの子が羽ばたく未来まで見据えているよう。先に「思い出と未来」というキーワードをあげたが、子供の視線に共に立ち、まっすぐに未来を見つめているのが伝わってくる。

二首目は、音も色彩も力強い歌。まず、「はつなつの光」という歯切れのよい「つ」音そのままのような光（俵は「はつなつ」という語を好んで用いる）。その陽射しが、子供に汗をかかせる。そして、その子が汗をかきながら何をしているかといえば、一心に「黄の薔薇をむしりつづける」こと。黄色の薔薇が鮮烈だ。光輝く汗と散ってゆく黄色が、ゴッホの絵画を思わせるような力強さを湛えている。


湯からあげタオルでくるむ茹《ゆ》でたてのホワイトアスパラガスのようだね

赤ちゃんに湯浴みをさせて、お湯から上げた光景を詠んでいると思われる。しかしここで注目して欲しいのは、この歌には一言も赤ちゃんを示す言葉がないこと。だが、我々は赤ちゃんを詠んでいると判断できる。それは一体なぜだろう？

順番に検証してみよう。はじめ、なにかが湯から上がったらしいことがわかる。次に、タオルでくるんでいるということは、大切なもののようだ。そしてそれが「茹でたてのホワイトアスパラガス」と言われ、湯から上げたものの正体が明らかになったかと思ったところで（一瞬、ツヤツヤした白く輝く野菜を想像してほしい）、直後に「〜のよう」と言われることで、ホワイトアスパラガスの淡い白色が瞬時に人間の形をとって、ああ、湯から上がったのは、赤ちゃんだったのか、と気づく。

赤ちゃんであることを決定づけているのが、最後の「だね」だ。最近、親族に赤ちゃんが産まれたという友人によれば、赤ちゃんの様子をみていると、人は皆が赤ちゃんに寄り添い、呼び掛けるように話すという。「〇〇ちゃん、よ〜くできたね」とか。そういえば、日本語で赤ちゃんや子供に呼びかける時、「ぼく、おかあさんとおとうさんはどうしたの？」などと、「ぼく（わたし）」を用い、その子の人間関係に沿って、人々を呼ぶ。（例えば、その子の親は、こちらの親ではないのに、おかあさん（おとうさん）と呼ぶ。これは日本語で子供に呼びかけるときには、その集団で最も弱い者の立場になりきって語りかけるからだと聞いたことがある。

話が逸れたが、この「〜だね」という優しい言葉は、「赤ちゃん」など直接的な言葉が

『プーさんの鼻』より

なくても、湯から上がったのが赤ちゃんだと直観させてくれる魔法の語尾なのだ。細部にまで張り巡らされた言葉のおかげで、心までほかほかとしてきそうな、優しくて温かい一首に仕上がっている。

吾《あ》のなかに吾でなき我を浮かべおり薄むらさきに過ぎてゆく梅雨

明け方の錯覚たのし一歳の我が隣に寝ているような

子を抱き初めてバスに乗り込めば初めてバスに我が乗るごとし

赤ちゃんへの共感は、随所で歌われる。右の三首は、寄り添うどころか、まるで自分自身が赤ちゃんになったよう。先ほど述べた赤ちゃんの目線に立つ言葉遣いもそうだが、子供が生まれるとは、もう一度人生をやり直せるようなもの、という感覚が折々に感じられる。

そんな子供の眼を通して、新鮮に景物や事象に再会していくことでそれに応じた感性が表出する。

「かーかん」にいろんな意味のしっぽあり「かーかんやって」「かーかんちょうだい」

俵の言語感覚は鋭敏である。特に、既知の言語であるはずの日本語の中や周辺に、未知の発見をしたときには、思考をめぐらさずにはいられない。そして、見事に使いこなす。後述するが、これを俵の「言葉のインストール力」として名付けたい。

そんな俵にとって、日本語を習得する子供の存在が、どれだけ眩しく映ったことだろう。

（実際に、その感動や発見は、『ちいさな言葉』（二〇一〇年、岩波書店　※後に、岩波現代文庫）という本にまとめられている。）

その様子を愛しく見つめただけではなく、当然、歌に昇華する。その代表的な作品が右に挙げたもの。「お母さん」を懸命に発語しようとした「かーかん」。子供から発せられるのは「かーかん」という一語だけだが、意図することは「やって」「ちょうだい」など、色々な意味が付随しており、母親はそれを過たずにキャッチする。その隠された七変化を「しっぽ」と表現したところに、早くも子供の言語をインストールしている俵の言語感覚を感じずにはいられない。

次の歌集『オレがマリオ』でも、この「言語感覚のインストール力」はもっと鮮明に生

『プーさんの鼻』より

じるので、まずはキーワードとして頭に留めておいてほしい。

生きるとは手をのばすこと幼子《おさなご》の指がプーさんの鼻をつかめり

表題作だ。

一、二句目で「生きるとは手をのばすこと」と、バシッと定義づけするところから歌がはじまり、そこでブチっと句切れる。一転して後半で詠まれるのは実景だ。赤子が手を伸ばし、その先にあるのはプーさんのぬいぐるみ。赤い服を着て、黄色い身体をしたあのクマだ。黄色と言えば、先の「はつなつの……」の歌でも指摘した通り、力強い印象を受ける。（そういえば、子供向けのプーさんのぬいぐるみのいくつかは、アニメでよく見るものよりも、彩度の高い黄色な気がする。）

前半の抽象的な定義と、後半の色鮮やかな実景とを、接着剤のようにつないでいるのが「幼子」という一語。後半は実景とは言ったものの、その割には、「幼子」とはずいぶん抽象的だ。もっと具体的にするなら、「吾子」や「君」でもいいはず。だが、前半からなだらかにつなぐために、敢えて抽象的な「幼子」にし、その分「プーさん」という超固有名詞が実景を支えている。やけに具体的で響きも色も鮮やかな「プーさん」という言葉が、完全な抽象に飲み込まれることなく、くっきりとした実景として浮かび上がることを可能にしているのである。

つまり、「幼子」という言葉により、前半の抽象的な表現からなだらかに実景へと繋がり、「プーさん」という一語が、ただの定義で終わらずに、その一例として一人の幼子が頑張って生きようとしている映像をつくりあげているというわけだ。

さらに、抽象さにこだわるなら、実景に支えられながらも、極めて普遍的な定義の歌という印象が残る。「ああ、生きているって、手を伸ばすようなことなんだ。目の前でプーさんに手を伸ばしている幼子だけではなく、大人だって、それでいいんだ。手を伸ばすようなことだけで、十分生きているんだ」。そんな風に、幼子の動作を通して、全人類を励ましてくれているような印象すら受ける。ちょっと大げさな言い方をすると、抽象と実景との往復から生まれた、フラットな目線の歌として鑑賞してみたい。

年末の銀座を行けばもとはみな赤ちゃんだった人たちの群れ

『プーさんの鼻』より

フラット繋がりでもう一首。この歌も全てをフラットに見ている。赤ちゃんを通して、より俯瞰的で、大らかな詠みぶりの面目躍如だ。

　バンザイの姿勢で眠りいる吾子よ　そうだバンザイ生まれてバンザイ

『俵万智』になる方法　画期的な文体とシンパシーの中のワンダー」（「文藝別冊総特集俵万智」二〇一七年、河出書房新社）と題した、俵と穂村弘とによる対談の中で、俵短歌の特異性はなんだろうかという話題になり、俵自身が次のように説明している。

　私は、（中略）つくりにくいからこそ、全肯定の歌をつくりたいというのがすごくあるんです。世界を全肯定する感じ。今までの自分の歌のなかで全肯定って何？と問われると、やっぱり子どもが生まれたときの「バンザイの姿勢で眠りいる吾子よ　そうだバンザイ生まれてバンザイ」とか、そういう歌ですね。

確かにこの歌は、我が子が生まれてきたことを心から言祝いでいるような、全肯定の歌だ。この歌を知ったあとは、赤ちゃんの寝姿も印象が変わってクスッとできるだろうし、育児の歌としてすばらしい。

だが、その一方で、なぜわざわざ「全肯定」をしないといけなかったのかと考えざるを得ない。ここに、俵短歌の見落とされてきた重大な点があるはずだ。同時にそれは、まるで言い聞かせるような「そうだ」という一語を掬い上げるキーにもなるだろう。

本歌集のあとがきには「これは出産だ！　と思った。体を割り、闇に向かって命を押し出すのだから」と書かれている。少し趣向が異なるものの、『オレがマリオ』にも「割れながら命を闇へ押し出せり蟬の抜け殻は蟬の母親」という歌がある。

闇。あんなに言祝いでいたけれど、これから生まれていく世界を闇だと言う。

まだ何もイヤなことなどなかろうにイヤイヤイヤを子は繰り返す
眠りつつ時おり苦い顔をする　そうだ世界は少し苦いぞ

これらも普通に読めば単にかわいい歌として享受できるが、きっとこれからたくさんイヤなことあるよ、という不安な思いが主眼にあるのではないか、という穿った読み方もできる。

そんな風に思うのは、俵がシングルマザーであることを思い出さずにはいられないからだ。

日本で子供を育てることの困難さは、ここ数年でかなり取り沙汰されるようになってきたが、依然として難しいことは否めない。殊に母子家庭の場合は、その度合いはより深刻で、「第五回（二〇一八）子育て世帯全国調査」で発表された、シングルマザーの貧困率は実に五一・四％に上る。最近でも、孤独に出産しどうしようもなくなった女性や、流産した女性のニュースを毎日のように耳にする。日本において母子家庭で子供を育てることには不安がつきまとわざるを得ない。

それにもかかわらず、この歌集ではほとんどそのような不安が詠まれない。それは俵が不安に思っていなかったから？『サラダ記念日』の万智ちゃんのまま、お気楽だったから？

そんなはずはないだろう。

それなら、なぜ闇に押し出すと称したのだろう。なぜ次のような歌がこっそりと覗いているのだろうか。

初対面の新聞記者に聞かれおりあなたは父性をおぎなえるかと
　悪気なき言葉にふいに刺されおり痛いと思うようじゃまだまだ

『プーさんの鼻』より

これまで見てきたように、実はどちらとも処理しきれない感情が詠みこまれている。世間でよく言われる、俵短歌は明るいというのは、その片面だけをとりあげて「明るい歌だ」と称しているに過ぎない。

俵の歌は、作者自身が述べている通り全肯定の歌だ。しかし、そもそも肯定されているのであれば、わざわざ「全肯定」する必要はない。

どちらとも処理しきれない感情や甘さも苦さも味わい、それでも、それらを全て受け止めた上で、明るく全肯定する。それこそが俵万智短歌の光ではないか。

『オレがマリオ』より

「電信柱抜けそうなほど揺れていた」震度7とはそういうことか

チェルノブイリ、スリーマイルに挟まれてフクシマを見る七時のニュース

『オレがマリオ』より

まだ恋も知らぬ我が子と思うとき「直ちには」とは意味なき言葉

子を連れて西へ西へと逃げてゆく愚かな母と言うならば言え

『オレがマリオ』より

島に来てひと月たてば男の子アカショウビンの声聞きわける

子どもらはふいに現れくつろいで「おばちゃんカルピスちょうだい」と言う

『オレがマリオ』より

「オレが今マリオなんだよ」島に来て子はゲーム機に触れなくなりぬ

子は眠るカンムリワシを見たことを今日一日の勲章として

『オレがマリオ』より

買ってきたものなき今日の夕飯にミジュン唐揚げパパイヤサラダ

藁をとり拝めるごとく手をすればおばあの指から縄が生まれる

『オレがマリオ』より

人の子を呼び捨てにして可愛がる島の緑に注ぐスコール

海上を巨大な鳥の這うごとし風に流れてゆく雲の影

『オレがマリオ』より

馬に乗り海をゆく子が振り向きぬ触れえぬ波光のごとき笑顔に

旧盆の迎え日《ウンケー》なればアンガマを我は見に行く少しうかれて

アンガマ＝八重山地方に伝わる旧盆の行事

『オレがマリオ』より

笠かぶり白き布にて顔隠すファーマーの列に連なれる死者

ファーマー＝子孫

失恋し髪切るという瑞々しき行為を思う秋の入口

『オレがマリオ』より

「おばあちゃん次は何色？」子は問えり米寿をベージュと聞き間違えて

バスのように高速船に乗る人ら外を見ることなく島に着く

『オレがマリオ』より

日のあたる桟橋を分け合うようにシロサギとやや離れクロサギ

入り海にウロコのごとき波立ちて風やや強き今朝と知るなり

『オレがマリオ』より

言葉なき世界の秩序　足元にグルクンの群れ、珊瑚、クマノミ

ストローがざくざく落ちてくるようだ島を濡らしてゆく通り雨

『オレがマリオ』より

風求め窓を開ければ入りくるクジャクの声やヒキガエルの声

落ち葉踏む音をおまえと比べあうしゃかしゃかはりりしゅかしゅかぱりり

『オレがマリオ』より

子と我と「り」の字に眠る秋の夜のりりりるりりりあれは蟋蟀《こおろぎ》

給食で何を食べたかスプーンの匂い嗅ぐなり母というもの

『オレがマリオ』より

連休に来る遊園地　子を持てば典型を生きることの増えゆく

写真にはおまえ一人が写りおり五月の空から生まれたように

『オレがマリオ』より

振り向かぬ子を見送れり振り向いたときに振る手を用意しながら

テタンジェの泡のぼりゆく週末に母であること忘れてみたく

『オレがマリオ』より

愛よりもいくぶん確かなものとしてカモメに投げるかっぱえびせん

星の本を子と読みおれば「月までは歩いて十年」歩いてみたし

『オレがマリオ』より

鑑賞の手引き——渡辺祐真

『オレがマリオ』

第五歌集・二〇一三年十一月・文藝春秋刊

二〇一三年出版。作者が四十二歳から五十歳までの歌が収録されている。

この歌集で大きなテーマになっているのは、まず二〇一一年三月十一日にあった東日本大震災。そして、それに伴って俵が石垣島に引っ越したこと。それらの経験が核になっている歌集だ。そのため、社会詠や自然詠が増えている。加えて、『プーさんの鼻』で詠まれたご子息が徐々に成長され、その成長に合わせた歌が増えるのも特徴の一つ。

「電信柱抜けそうなほど揺れていた」震度7とはそういうことか
ありふれた心が後ろめたくなる花をきれいと思うことさえ

三・一一といえばたとえばこの歌。

一首目。あの当時、私は東京にいたが、とにかく大地が壊れるような揺れだったことを覚えている。とはいえ、マグニチュードとか震度のような数値で言われても、あまりに凄惨な現実の前では実感がわかなかった。それを日常の中にある電信柱によって、手触りのあるものとして詠っているのがこの歌。こういった日常感覚を手掛かりに、大きな事件にまでつなげる感性はどれだけ大きな事件を前にしてもぶれない。

二首目。また私ごとだが、ちょうど二〇一一年に大学に入学した。当然、入学式は中止。その後のオリエンテーションキャンプや新歓なども全て中止、良くて縮小だった。ささやかながらも開かれる行事に参加するときはいつもどこか後ろ暗い気持ちが付きまとう……。そんな後ろめたい気持ちで日々大学に通っていたことを、この歌を読むと思い出す。

あの大震災から十年以上経過したが、こういった歌に耳を澄ませることは、大きな事件を風化をさせないという具体的な行動の一つになりうる。


子を連れて西へ西へと逃げてゆく愚かな母と言うならば言え

『オレがマリオ』より

貝殻をはずされてゆく寒さにて母子家庭とはむき身の言葉
開花宣言聞いて桜が咲くものかシングルマザーらしくだなんて

そういった状況を受けて俵は、宮城県仙台市から沖縄県石垣島へと移住する。その際、自分だけ逃げるのか、芸術家たるもの現場を離れていいのか、といった批判の声もあった。それまで俵は、日本各地そして世界各地に旅行をしていた。そんな身軽で、自由だった移動に、責任や他者の目線が伴ってしまう。そんな葛藤を抱えながらも、それでも私は行くんだ、という決意が滲んでいるのがこれらの歌だ。

この点は、『プーさんの鼻』でとりあげた何首かの歌や、今あげた二首目三首目でも詠まれた通り、子供に対する敢然とした責任感によるものだろう。すべて分かった上で、それでも子供のために西のほうへ、できるだけ西の方へと向かう。

その気持ちをインタビューでこう語っている。

ニュースでは「直ちには影響がない」という言葉が繰り返されていた。だが、信じることなどとうていできない。10年後に影響があったらどうしてくれる。

（「俵万智、バッシングされた石垣島移住と子育てで得た〝歌人としての新境地〟」
週刊女性PRIMEウェブサイト）

短歌を一語一語読めば、その苦悩はしっかりと刻まれている。

一年後の私はここで元気だとあの日の我に言う名蔵湾《なぐらわん》

そんな苦労があったからこそ、一年前の自分に対する応答は、突き抜けるように響く。

そして石垣島での生活がはじまる。

旅人の目のあるうちに見ておかん朝ごと変わる海の青あお

「オレが今マリオなんだよ」島に来て子はゲーム機に触れなくなりぬ

『オレがマリオ』より

表題作を含む、島での二首。

一首目。引っ越してはきたものの、まだまだ日が浅く、その感覚はほとんど旅行者と変わらない。何もかもが新鮮に映る今のうちに、色々なものを見ておこうという自覚的な気持ちが、景色の印象と共に眩しく詠まれる。

二首目。ご子息を詠った作品。この歌も一首目と同じく、引っ越してきて間もないからこその新鮮な気持ちがほとばしっている。それを生んでいるのは、「今」という言葉だ。ついこの前までは、TV画面の向こうで大地を走り回っていたマリオ。でも、今では、広い大地を駆け回り、海を泳ぎ、亀やキノコを目にしている自分自身がマリオなんだと興奮している様子が伝わる。それははじめから「マリオ」である島の子供たちにはあり得ない感情だ。

この歌に貫かれている感情は、「今マリオなんだよ」だ。新鮮なギャップや発見に驚き、それがみずみずしい歌になっている。生物学者のレイチェル・カーソンは、子供が世界の驚異に感動できる力を「センスオブワンダー」と名付けたが、大人なら見過ごしてしまう小さな奇跡を看取するのは子供の方が得意だ。きっと俵は子供からたくさんのセンスオブワンダーを受け取り、それで新しい歌を詠むことができた。極端なことを言えば、息子の力と感性によって生まれた歌集と言える。おそらくそんな意図が込められたタイトルではないだろうか。

同い年の女に四人の孫がいて島の泡盛飲みながら聞く

このとき俵は四十代前半ぐらい。同年代の女性に四人の孫がいると聞いたら、多くの人が驚くはずだ。特に首都圏や都市圏に住んでいる人からすればなおさら。そのギャップをさらっと演出しているのが「島の泡盛」。ここで飲んでいるのが、フランスのワインとかだったら、この感慨は成り立たない。

その文化に溶け込み、現地の人々と飲食をともにしながら、カルチャーショックを一つ、また一つと経験していくことで、島の人間になっていく様子が伝わる。

ブローチのようにヤモリの留まりいてまたかと思うだけの八月

そして、ついに島の生活に慣れる。そんな順応を詠んだ歌がこちら。

移住してきたばかりの頃に、ヤモリが身体に留まっていたら、大騒ぎだっただろう。しかし、今となってははじめから自分が身に着けていたアクセサリーのように、違和感を覚

『オレがマリオ』より

えず「またか」で済ませてしまう。たった半年での驚くほどの順応が、素直に詠まれた一首だ。

言葉とは無限の玩具　輝いてアスカとパスタは似ていると言う
日本語の響きもっとも美しき二語なり「おかあさん」「ありがとう」
後生《グソー》から来たる爺《ウシュマイ》裏声に語るあの世のバリアフリーを
肉声を知らない人のつぶやきを目で読んでいる冬の片隅

『プーさんの鼻』で、「言語感覚のインストール」というキーワードをあげた。子供が育ち、更には移住をする『オレがマリオ』では、子供語や方言など、たくさんのインストールが行われる。

子供と言葉のやりとりをすることで、「玩具」のように言葉とたわむれ、子供からの言葉に既知の言葉の新しい響きを見出したり、琉球方言の新鮮な響きを、敢えてカタカナ語とぶつけることでより際立たせたり、Twitterという新しいメディアに触れたり。俵の貪欲に様々な言葉に触れ合う姿勢が一層生き生きとし始める。

『未来のサイズ』より

朝ごとの検温をして二週間前の自分を確かめている

目に見えず生物でさえないものを恐れつつ泡立てる石鹸

『未来のサイズ』より

四年ぶりに活躍したるタコ焼き器ステイホームをくるっと丸め

手伝ってくれる息子がいることの幸せ包む餃子の時間

『未来のサイズ』より

感染者二桁に減り良いほうのニュースにカウントされる人たち

濃厚な不要不急の豊かさの再び灯れゴールデン街

『未来のサイズ』より

第二波の予感の中に暮らせどもサーフボードを持たぬ人類

沖に出て小さきカヌーとなりながら手を振るものを若者と呼ぶ

『未来のサイズ』より

子育ては子ども時代をもう一度味わうものと思う朝顔

地図に見る沖縄県は右隅に落ち葉のように囲われており

『未来のサイズ』より

君の死を知らせるメールそれを見る前の自分が思い出せない

死者となりむしろ近くにいる人かどんな言葉も届く春空

『未来のサイズ』より

安全じゃないことうすうすわかってた船に子どもを乗せる前から

こうなってしまったことのほんとうの悪いひとたち現場におらず

『未来のサイズ』より

あの世には持っていけない金のため未来を汚す未来を殺す

何一つ答えず答えたふりをする答弁という名の詭弁見つ

『未来のサイズ』より

「天ぷらは和食ですよね」「繰り返し申し上げます。寿司が好きです」

進学のためと話せば島人は素早く頷く「しかたないさー」

『未来のサイズ』より

女の子も育てたかったたこの島にハルちゃんモモちゃんのこと忘れない

制服は未来のサイズ入学のどの子もどの子も未来着ている

『未来のサイズ』より

相部屋の感想聞けば「鼻くそがほじれないんだ。鼻くそたまる」

歳月は沈黙の川　君といた日々たぐりよせ、さかのぼりゆく

『未来のサイズ』より

病得て澄みゆく人のかたわらに娑婆の私は哀しかりけり

「短所」見て長所と思う「長所」見て長所と思う母というもの

『未来のサイズ』より

ひとことで私を夏に変えるひと白のブラウスほめられている

つまらない母親役をやっており髪染めたいと言いつのる子に

『未来のサイズ』より

最後とは知らぬ最後が過ぎてゆくその連続と思う子育て

長椅子に寝て新聞を読みおれば父が私を「母さん」と呼ぶ

『未来のサイズ』より

いつかまたいつかそのうち人生にいつか多くていつかは終わる

クッキーのように焼かれている心みんな「いいね」に型抜きされて

『未来のサイズ』より

テンポよく刻むリズムの危うさのナショナリズムやコマーシャリズム

別れ来し男たちとの人生の「もし」どれもよし我が「ラ・ラ・ランド」

『未来のサイズ』より

鑑賞の手引き――渡辺祐真

『未来のサイズ』

第六歌集・二〇二〇年九月・KADOKAWA刊

二〇二〇年出版。作者五十歳から五十七歳までの歌が収録されている。第三十六回詩歌文学館賞と第五十五回迢空賞を受賞したことでも知られている。

まず冒頭に二〇二〇年のコロナ禍での短歌が並び、その後さかのぼるようにして、二〇一三年からの歌が掲載されるという構成になっている。その中では、ご子息の成長や宮崎への移住などの身近な話題から、セウォル号事件や日本政治などの社会詠までが並んでいる。特に社会詠については、「もう黙っていられない」というような、逡巡に逡巡を重ねて、それでもやっぱり詠まずにはいられなかったという苦吟めいたものが感じられる。

詠み味についても、これまでのことをなつかしんだり、思い出を振り返ったりと、未来志向よりも回想志向という、新たな境地へと足を踏み入れてる点も注目してほしい。

どこんちのものかわからぬタッパーがいつもいくつもある台所

次に来るときは旅人　サトウキビ積み過ぎている車追い越す

俵は二〇一一年から二〇一六年まで石垣島に住んだ。『オレがマリオ』で見たように、徐々に石垣島での生活に慣れていった。完全に島人とまではいかなくても、五年も住めばかなりは馴染んだだろう。一首目などはまさにその適応しきった境遇が詠われている。

二首目。二〇一六年に、石垣島から宮崎県へと移住する。島の住人だったころは、「サトウキビを積み過ぎている車」のペースで歩いていたら追い越すようなこともなかったかもしれないし、少し挨拶とかもしたかもしれない。だが、自分はいよいよこの島から離れるのだ。そんな差異を「次に来るときは旅人」という一語が切なく表している。

南の島の市長選挙に元防衛大臣が来て太郎も来たり

じゅん子来て進次郎来て一太来て「魅力ある島」と訴えている

『未来のサイズ』より

政治詠の二首だ。

これまで何首か見てきたように、俵はよく旅行に行く。そのときに「空港」は大切な入り口だった。だが、俵が「島の人間」となったことで、空港から入ってくる他者を、自分が迎え入れる側に立った。

島の人間になると、島の良いところばかりが目につくわけでないのだろう。それにも拘わらず、滅多に島に来ない、しかも思い入れも何もない人間が、よく知りもしないのに「魅力ある島」と訴えている。

もちろん島には魅力が溢れているのだろうが、しかしそこで暮らすというのは、魅力だけでは測れない。このカギカッコに込められた思いは、島の人間の持つそんな感覚なのだろう。

あの世には持っていけない金のため未来を汚す未来を殺す
子どもらを助けていたら沈むから下着姿で逃げる船長
都合悪きことのなければ詳細に報じられゆく隣国の事故

二〇一四年四月十六日、韓国で旅客船セウォル号が沈没した。同船には修学旅行中の高校生三二五人、引率の教員十四人、一般の乗客一〇八人、乗務員二十九人が搭乗しており、半数以上の方が死亡または行方不明となった。日本でも連日報道され、次々と明らかになる乗客たちの壮絶な最期には、胸が潰される思いがしたことだろう。だがその一方で、船長をはじめとした一部の乗務員のあまりにも自己本位な行動や、その事故を引き起こした産業構造の無責任ぶりが明らかになった。

幼い息子を持つ俵もこの事件には強く感じるところがあったらしく、「未来を汚す」というタイトルで連作を編んでいる。その一部がここに挙げた三首だ。

一、二首目はまさにその様がストレートに詠まれている。三首目は、何が含意されているか、言わなくても伝わるからこその一首だ。

空欄はゼロではなくて無限だよ　やりたい仕事なりたい自分
制服は未来のサイズ入学のどの子もどの子も未来着ている

『未来のサイズ』より

これまで「思い出と未来」というキーワードで、色々な歌を鑑賞してきた。『サラダ記念日』の疑いなく未来を信じる純粋さや、『チョコレート革命』での影が差す様子など。そして、ついに本歌集では、「未来」を感じる主体が、俵自身ではなくて他者に仮託される。それが表題作を含むこの二作だ。

一首目。進路調査票の空欄が主題。『かぜのてのひら』で、マラルメにおける白の話をしたが、ここでの白は正に「可能性に満ちた白」。一方、それを見つめる詠み手自身は、その空欄を埋めてしまった人。だからこそ人生の先輩として「無限だよ」と優しく言い、懐かしむように、愛おしむようにその未来に思いを馳せる。

二首目も自分以外の視点で未来を向く。息子が中学校に入学したときの歌だが、基本的に入学時には、少し大きめの制服を買うもの。どうせこれから成長して、ちょうどいい大きさになるからだ。それが「未来のサイズ」なのだが、同時に彼らのシャツの白が眩しく輝く様子も目に浮かぶ。それこそが無限の空欄の白なのだ。

そのような希望を込めた言葉が本歌集の未来であり、だから大人たちがそんな真っ白な未来を汚すことに、強い憤りを感じているのだ。

食べながら思い出し笑いするはずだ「甘栗むいちゃいました」を送る
最後とは知らぬ最後が過ぎてゆくその連続と思う子育て

『未来のサイズ』より

一首目を「『未来のサイズ』版サラダ記念日」と勝手に名付けている。息子が寮に入った後、「甘栗むいちゃいました」を送ってあげようという歌。おそらく詠み手と息子との間に、「甘栗むいちゃいました」にまつわる、思い出し笑いできるような思い出が何かあるのだ。だから、送ってあげたら、あの子あのときのことを思い出してきっと笑うだろうなと考えながら、「甘栗むいちゃいました」を送っているのだろう。これは、『サラダ記念日』の感覚と通底している。そのカギは、『サラダ記念日』が英訳された時の思い出話にある。

歌集『サラダ記念日』が英訳されるにあたって、翻訳者のかたから、こまかな質問を受けたことがある。（中略）

「このサラダ記念日は、MYサラダ記念日ですか？　OURサラダ記念日ですか？」

（中略）

今日を記念日にしようと思ったのは私である。だからMYだろうか。でも、今日という日が記念日になるのは、二人で過ごしたからこそ、だ。だったらOURかもしれない。（中略）

結局、悩みに悩んだすえ、私は「OUR」を選んだ。希望的な思いもこめて。

（『言葉の虫めがね』角川文庫）

「サラダ記念日」も「甘栗むいちゃいましたの思い出し笑い」も、ある食べ物を媒介にした、ふたりの思い出だ。そういう意味では、この「思い出し笑い」も「OUR思い出し笑い」になるだろう。しかし、「サラダ記念日」のように、未来に向けた思い出ではない。あの子に思い出し笑いしてほしい、あの子に「甘栗むいちゃいました」をおいしく食べてほしい。一緒に思い出そうというより、相手に思い出してほしい、そんな思いだ。

つまり、相手の未来のことは気にかけているけれど、詠み手自身は引いている。極端なことをいえば、「YOUR　思い出し笑い」のために、「甘栗むいちゃいました」を送っている。所有冠詞に込められた、そんな思いが、『サラダ記念日』と『未来のサイズ』という歌集単位の大きな違いにもなる。

二首目。子供にまつわることの多くは、その時には最後だと意識できずに過ぎ去ってしまうことが多い。この感覚は、子育ての忙しさ、そして子供の成長の速さという側面も多分にあるのだろうが、一首目で述べたような、思い出の主体が子供の側にあるという感覚にも由来するのではないか。つまり、もう『サラダ記念日』の頃のように、自分のためには未来に向けた「思い出」を残そうとはしていない。未来を夢見るのは子供の役割で、自分は一歩引いたところでその子どもを見守る。そんな寂しさと、だがどんどん成長していく子どもに対する喜びが同居している一首。

釣る泳ぐ登る飛びこむ　がじゅまるの木陰の子らの動詞豊かに
動詞から名詞になれば噓くさし癒しとか気づきとか学びとか

『チョコレート革命』に「ガンジスは動詞の川ぞ歯を磨く体を洗う洗濯をする」という歌がある。現象を品詞に落とし込むことで世界を見つめ直すという、言葉の専門家らしい視点で、とても面白い。

品詞の持つ躍動感や手触りの違いについて簡単に説明させてほしい。

『未来のサイズ』より

多くの言語に当てはまることだが、「名詞」には方向性がないが、「動詞」には方向性がある。物理学の言葉で説明するなら、名詞は「スカラー量」で、動詞は「ベクトル量」だ。スカラー量とは、これぐらいの威力がある、という大きさを表す量。ベクトル量は、ある威力があり、その威力はどの方向に向いているか、という威力とその方向性も含んだ量を指す。

動詞「気づく」と名詞「気づき」を例に説明しよう。「気づく」は、誰かが何かを気づくという主体と目的がはっきりしている。一方で、「気づき」は、主体とか客体をはっきりさせる必要がなく、抽象的な言葉のまま留めることが可能だ。

実際に例文を作るとその差がより明瞭になる。例えば、動詞を使えば「今のお話で、私は（大事なことに）気づきました」のようになるが、この話し手は自分がなにかに気づいていることを明言している。しかし、「今のお話からは、気づきが得られますね」と言うと、「私は何も気づかなかったけど、まあ、中には気づく人もいるんじゃないですかね」というようなことも含意できるほど、曖昧にすることが可能になる。

以上のような名詞が持つ冷静で客観的な感覚は、「がじゅまるの木陰の子」どもたちには無縁のものだ。そして「ガンジス川」にも存在しない。「ガンジス川にいる人々」、「がじゅまるの木陰の子ら」は自分が、釣ったり、泳いだり、登ったり、飛び込んだりするその動詞そのものだし、体を洗ったり歯を磨いたり洗濯したり、「動詞」として生きている。そして、悪意を持って「名詞」を巧妙に使う人を、的確に見抜いているのが二首目で、このあたりは、俵万智の面目躍如といえるだろう。

生き生きと息子は短歌詠んでおりたとえおかんが俵万智でも

詠み手自身の名前を詠みこんだ作品。この手法は、土屋文明「朝々に霜にうたるる水芥《みづがら》子《し》となりの兎と土屋とが食ふ」(『山下水』)など、稀に見られるが、決して多くはない。ちなみに『サラダ記念日』にも、「コンタクトレンズはずしてまばたけばたった一人の万智《まち》ちゃんになる」や「パスポートをぶらさげている俵万智《たわらまち》いてもいなくても華北平原」という歌があり、特に後者には次のような鑑賞がある。

たとえ大いなる世界と向き合ったとしても、私が私であるという意志が不思議と感じられてくるのだ。「いてもいなくても」という在不在に拘わらず平原は広がる。ここ

『未来のサイズ』より

で歌を切り返してみると、「平原があってもなくても私は私」という揺らぐことのない心が見えてくる気がするのである。（中略）国民歌人として無意識に踏み出してしまった千数百年の詩歌の歴史の平原、そして荒野。それを切り開くことになった開拓者精神が、このユニークさの中に感じられはしまいか。

（和合亮一「私のこの一首」「文藝別冊総特集俵万智」所収）

後半の自意識というところまでは思いが馳せられないものの、「私が私である」という自意識とユニークさは感じとれる。

私は、むしろただの一人の人間にすぎない俵万智、という意識で詠んでいる、すごく素朴な作品だと鑑賞している。その根拠になるのは「パスポート」という一語。パスポートは、国民であれば基本的には誰でも所持することができ、そこに記された個人は、人格などは問われず、記号と化した存在だ。そんな記号のようにちっぽけな一人の人間が、雄大な平原の中にぽつんと立っている、そんな情景が浮かんでくる。

そういえば、『ちいさな言葉』の「たわらまちさん」という章には、息子が俵をどう呼ぶかについて書かれている。

新聞や雑誌に載っているのは、「たわらまちさん」で、家にいて、すっぴんでメガネで世話をやいてくれるのが「おかあさん」という分類がなされているらしい。

ほほえましくも、息子の慧眼に驚かされる一文だ。それを踏まえて、このように文章をまとめている。

考えてみれば私自身も、外に出て、歌人という肩書きで誰かに会うときは、確かに「たわらまちさん」をしている、という感じがある。

華北平原にいる「俵万智」は、誰でもない「俵万智」だが、今回挙げた「たとえおかんが俵万智でも」の「俵万智」は「たわらまちさん」に他ならないだろう。この歌によって、和合の言う開拓者意識が鮮明に詠われたのではないだろうか。

朝ごとの検温をして二週間前の自分を確かめている

『未来のサイズ』より

外出というにあらねど化粧してメガネをはずすパソコンの前
スタッフはみな福岡の人だから会うこともなく今日で解散

最後に、コロナ禍の歌を味わおう。今となっては少し懐かしさすらあるかもしれないが、二首目は特に覚えがあるだろうし、一首目の表現は膝を打たずにはいられない。確かに、あの頃の我々は毎朝、二週間前の自分はなにをしていただろうか、感染リスクのある場所に行っただろうか、などと二週間単位で自分を顧みるようになっていた。

三首目。二〇二〇年の五月に当時勤めていた会社の同僚が一人辞めたが、退職時にもその人とは会うこともなく、Zoom越しに「お疲れ様でした」と言っただけのお別れだった。徐々に戻りつつあるものの、人間関係を成り立たせる磁場のようなものが徹底的に変わったのがこの数年間だったことを思い出させてくれる。

「夜の街」という街はない

カギカッコはずしてやれば日が暮れてあの街この街みんな夜の街
コンビニの店員さんの友だちの上司の息子の塾の先生

二〇二〇年に、俵、野口あや子、小佐野彈が編集した歌集『ホスト万葉集』が上梓された。ホストたちが詠んだ短歌が収められており、中でも「楽しいな　パリピピリピリ　ピッピリピ　昨日の記憶一切ねぇわ」のような奇抜な作品は大きな反響を呼んだ。「ホストと短歌」という、「解剖台の上のミシンと傘」のような不思議な取り合わせだが、俵による次の言葉が、その本質を言い表している。

ホストって、見目麗しいというだけじゃなくて、会話や言葉の力で人との関係を築いているんだなと思う。その人たちがどんな言葉を使うのか。歌を詠めないはずがないというのはすごく腑に落ちる表現ですね。

（『ホスト万葉集』二〇二〇年、短歌研究社／講談社）

先に挙げたキーワード「言葉のインストール」を可能にしているのは、言葉や事象に対するフラットなまなざしだ。それが『ホスト万葉集』と、一首目の歌の根源にあるものだろう。

『未来のサイズ』より

二首目。『未来のサイズ』刊行を記念して、佐佐木定綱による俵へのインタビューがなされた。その中での佐佐木の言葉を引用する。

コロナに罹患しちゃった人をたどっていくと、そんなに遠くの人ではないと。俯瞰して遠くの人のことを歌うのではなく、自分とどこかでつながっている関連のあるものとして歌っている。

（「短歌」二〇二〇年十月号）

先にあげたようなフラットな感覚、あるいは、佐佐木の言うような「そんなに遠くの人ではない」という気づきが、この歌には込められているように思う。つまり、コロナに罹った人と罹っていない自分という線引きではなく、ひょっとすると運良く自分が罹らなかっただけで、罹った人と自分の間に大きな差なんてないのではないか、そんな感慨を読み取った。

トランプの絵札のように集まって我ら画面に密を楽しむ

発芽したアボカド土に植える午後　したかったことの一つと思う

暗さや明るさ、どちらかを強調するわけでもなく、そのままを提示する「どうするわけでもないけれど」が典型的に表れている歌だ。

一首目。コロナによって日常のあれこれが変化を余儀なくされる中で、通信手段としてZoomが主流になった。「密」という言葉にコロナが影を落としているが、それを「楽しむ」、「トランプの絵札のように」というところに明るさがほの見える。

二首目。コロナ禍では、自宅で過ごす時間が増えていた。それまであくせくしていた人が、何しようかなと思い、アボカドを土に植える午後みたいなのんびりした瞬間がきっとあったはずだ。そこで生まれる感情は、やったー！　アボカドが植えられる!!　というほど積極的な喜びではない。だが、そういえばアボカド植えたかったんだった、あ、もう発芽してるし、ちょうど植えられてラッキー、と言い聞かせるくらいには、ちょっと嬉しい。

二〇二〇年、我々は所在のない感覚をどうすればいいか分からなかった。感染者や死者が増えている中で、大っぴらに喜んでいいわけではない。でも一方で、生活様式が変わっていって、ラッキーと小さく思うことも確かにあった。そんな悲喜こもごもは、したかったことの一つと思えばいいんだと、そっと背中を押してくれる。「どうするわけでもない

『未来のサイズ』より

けれど」と、柳腰のように受け止める態度でいい。我々がそれぞれの「未来のサイズ」に向けて、この歌集からたくさんのヒントをもらっていけばいいのだ。

『アボカドの種』より

父に出す食後の白湯をかき混ぜて味見してから持ってゆく母

心には管制官がいないから着陸の場所自分で探す

『アボカドの種』より

言葉から言葉つむがずテーブルにアボカドの種芽吹くのを待つ

色づいてはじめて気づく木のようにいつも静かにそこにいる人

『アボカドの種』より

不純物沈殿したるビーカーの上澄みの恋、　六十代は

放射線からだに降らすこの春の白湯と桜の日々いつくしむ

『アボカドの種』より

「楽しくじゃなくて正しく弾くんだね」子に見抜かれる私のピアノ

シャルドネの味を教えてくれたひと今も私はシャルドネが好き

『アボカドの種』より

「どうだった？　私のいない人生は」聞けず飲み干すミントなんちゃら

入院の日々の渚に濡れながら触れたいものはガラスのコップ

『アボカドの種』より

「点滴の針は抜いちょきましょうね」と優しく針を抜かれちょる午後

会話って会って話すと書くんだなあ七カ月ぶりに友と会話す

『アボカドの種』より

何度でも見るドラマありあの人が元気でいるか確かめたくて

つかうほど増えてゆくもの　かけるほど子が育つもの　答えは言葉

『アボカドの種』より

鑑賞の手引き——渡辺祐真

『アボカドの種』

第七歌集・二〇二三年十月・KADOKAWA刊

二〇二三年出版。五十代後半から六十歳頃の歌が収録されている。

この時期の俵の活躍は目覚ましい。「現代短歌の魅力を伝え、すそ野を広げた創作活動」により二〇二一年度朝日賞を受賞、前歌集の『未来のサイズ』は短歌界の最高峰である迢空賞に輝き、『ホスト万葉集』の刊行、さらにアイドルたちが短歌を詠むイベント「アイドル歌会」の選者に就任し（同イベントは書籍化もされた。）、二〇二三年二月にはNHK「プロフェッショナル　仕事の流儀」で特集され、紫綬褒章を受章し、同年の第七十四回NHK紅白歌合戦では審査員を務めた。

こうした背景には二〇二二年頃からもてはやされている「短歌ブーム」と呼ばれるムー

ブメントを見逃せないだろう。若手歌人を中心に、SNSなどから短歌人気に火がついた。テレビでは特集が組まれ（例えば、二〇二三年三月には、NHKクローズアップ現代で「空前の〝短歌ブーム〟は何映す　令和の歌に託した思い」と呼ばれる特集が放映された。）、企業や自治体の広告などに短歌が並ぶことがどんどんと増え始めたのだ。

そこで歌人の代表としてインタビューを受けることが多かったのは、意外にも俵だった。『サラダ記念日』で約三十五年前に「短歌ブーム」を巻き起こした牽引者に、再び世間は大きく注目した。

俵の言葉がバズったのが、旧Twitter（現・X）だったことも面白い。例えば次のような歌。

言の葉をついと咥えて飛んでゆく小さき青き鳥を忘れず

イーロン・マスク氏、ツイッターをXに。

『アボカドの種』より

二〇二三年七月にSNS「Twitter」は、「X」へと改称された。それを受けて、俵は七月二十四日に右の歌を投稿した。この歌が大きな反響を呼び、二〇二四年二月現在で二十三万件のいいねが寄せられている。

同様に、世間で「マルハラ」（メッセージの最後が句点で終わっていると、威圧感や恐怖を抱くというもの）が叫ばれたことを受け、「句点を打つのも、おばさん構文と聞いて…この一首をそっと置いておきますね〜」と前置きして、次の歌を投稿した。

優しさにひとつ気がつく　×でなく○で必ず終わる日本語

この歌は、ツイッターの歌とは異なり、マルハラに合わせて詠んだものではない。『アボカドの種』の掉尾を飾る「答えは言葉」と題された連作の一首だ。言葉にまつわる俵の言語感覚が、言葉の曲がり角に一筋のヒントをすでに与えていたのだ。他にも短歌や言葉を巡る歌がたくさん収録されているので、続けて紹介しよう。

「模様より模様を造るべからず」富本憲吉

二十年ぶりに心に浮かびくる言葉の意味を考えている

石垣の素材集めて丁寧に一人のために生まれたラー油

日常の言葉集めて丁寧に一人のために生まれる短歌

俵は二〇二二年に六年半暮らした宮崎から仙台へと移住した。移住後も宮崎に行ったり、以前に暮らしていた石垣島を訪れ、そのときの様子をよんでいる。

ここに引いた「石垣の」と「日常の」はその連作に含まれた二作で、「石垣の」の歌は島だからこその手作り感がひたひたと伝わってくる。次の「日常の」の歌は、「石垣の」の歌と重ねて詠むべきだろう。「石垣の素材」は生活者にとって身近な大切なもので、それを用いて、誰か「一人のために」ラー油をつくる。同様に、短歌も「日常の」身近な言葉を使って、誰か「一人のために」生まれるもの。

短歌とは文芸作品であり、基本的には不特定多数に読まれることを意図して作られるが、素晴らしい短歌とは常に作者が届けたい「一人」が念頭に置かれているような気がする。(反対に、誰か一人のために作った短歌がそれ以外の人を楽しませるような現象は、ラー油にもあるのかもしれないと、前歌に遡ることも楽しめる。)

「二十年ぶりに」の歌は、本歌集のあとがきでも触れられている。

『アボカドの種』より

すでにある模様を利用して次の模様を造るのではなく、一回一回、富本は自分の目で自然を観察して模様を生んだ。歌の言葉も、そうありたいと思う。一首一首、自分の目で世界を見るところから、歌を生む。言葉から言葉をつむぐだけなら、たとえばＡＩにだってできるだろう。心から言葉をつむぐとき、歌は命を持つのだと感じる。

なぜ俵はこのように言葉について考え抜いているのだろうか。その答えは次の歌にある。

テンプレで片づけてきた質問に向き合う秋のドキュメンタリー

先ほど書いた通り、俵は「プロフェッショナル　仕事の流儀」というドキュメンタリー番組の取材を受けた。その期間は約四ヶ月にわたり、その取材過程でかなり色々なことを聞かれ、考えたのだという。

歌集全体のタイトルともなる「アボカドの種」と題された連作は、その過程が詠まれており、取材の中で感じたこと、さらに取材を通して昔の記憶を手繰り寄せ、再構成しようとしているような歌まで、時空がめぐるような構成だ。

言葉から言葉つむがずテーブルにアボカドの種芽吹くのを待つ

アボカドの水耕栽培は家庭でもできるそうだが、ある程度の時間を要するという。下手に騒がず、あれこれと手を加えず、なすべきことをなし、じっくりと待つ。それがアボカド水耕栽培の勘所だ。

短歌を作ることも同様なのだという。俵自身の言葉を引用しよう。

昔からアボカドが大好きで、種からの水耕栽培も楽しんでいる。根っこが出るまで三か月くらいかかり、それから芽、ようやく葉っぱ。慌ただしい日々のなかで芽吹きをじっくり待つことは、とても豊かだ。その豊かさは、水を替え、光を当てるところから始まっている。短歌も、心の揺れに立ちどまり、言葉を探すところから、もう始まっている。芽が出るまでの時間を含めて、短歌なのだと思う。

『アボカドの種』より

近年では、タイムパフォーマンスが叫ばれ、即効性や有益性が喧伝されがちだ。（そうとは強く言わなくても、我々は多かれ少なかれ、そうした価値観を内面化してしまっている。）だが、それではこぼれ落ちてしまうものも多い。

ドイツの詩人リルケがこんな言葉を残している。

詩はいつまでも根気よく待たねばならぬのだ。人は一生かかって、しかもできれば七十年あるいは八十年かかって、まず蜂のように蜜と意味を集めねばならぬ。そうしてやっと最後に、おそらくわずか十行の立派な詩が書けるだろう。詩は人の考えるように感情ではない。詩がもし感情だったら、年少にしてすでにあり余るほど持っていなければならぬ。詩はほんとうは経験なのだ。追憶が多くなれば、次にはそれを忘却することができねばならぬだろう。そして、再び思い出が帰るのを待つ大きな忍耐がいるのだ。

（リルケ、大山定一訳『マルテの手記』、新潮文庫）

今回、俵の歌集を『サラダ記念日』から全て読み直し、そして選ぶという行為を通して、一人の歌人が言葉と向き合い、紡ぎ続けるという営みを追体験したように思う。読者のみなさんにもその一端を感じていただけるよう、編んだつもりだ。

その中で気づいたことは、俵の中で、同じテーマ、同じ人物、同じ感情が、粘り強く、丁寧に、何度も探究されていることだった。

特に『アボカドの種』では、六十歳という年齢を迎えたこと、長期にわたる取材を受けたことに起因しているのか、俵万智という歌人に再び出会い直せるような歌が多い。

尊敬はしないが感謝はしていると子に言われたり十六の春
コンビニへ食パン買いにいくことが親孝行となる春の道
ルンバにも母は小言を言うだろう　寝室の隅、ドアの裏側
母の言う「じゅうぶん生きた、死にたい」はデッドボールで打ち返せない

以上のように家族を詠んでいる歌。ご子息については『プーさんの鼻』以来、この解説でも多くを読んできたし、両親に関する歌も何首も紹介してきた。

それらを踏まえてここに並ぶ歌を読むと、確かに変わっていないまなざしがありながら、少しずつ変わっている関係や人物像がくっきりと見える。

人生は油断ならない　還暦の木箱に小さな恋のブローチ
三十年の時の人混みかき分けて元カレのいる居酒屋へ着く
シャルドネの味を教えてくれたひと今も私はシャルドネが好き
書棚から取り出している第二歌集ひらけば君の匂いこぼれる
性と愛分けられなくて青春は飲み干していた朝のスムージー

俵と言えば、恋愛の歌というイメージが強いし、実際その通りだ。この歌集にもドキッとするような恋愛歌が覗いている。しかもより恋愛を甘美に濃厚に見せる還暦という年齢を添えて。

誰からも頼まれなくて書くという悦び「愛の不時着ノート」
血しぶきが指に付きそうｉＰｈｏｎｅの小さな画面で見る「イカゲーム」
非公式応援歌人と呼ばれてる妄想短歌とまらぬ我は
見たいものほんまに見られるその日まで螺旋えがいて舞いあがる人

だが一方で、積極的に新しい領域を開拓していることも忘れてはならない。「愛の不時着」や「海街チャチャチャ」のような韓国ドラマ、短歌が登場する朝ドラ「舞いあがれ！」などについて、様々な技法を駆使して歌を作り続ける俵には脱帽だ。

言葉とは心の翼と思うときことばのこばこのことばとをとばす

人生は長いひとつの連作であとがきはまだ書かないでおく

定型の枠をとらえる言葉たち蹴りつづければゴール生まれる

つかうほど増えてゆくもの　かけるほど子が育つもの　答えは言葉

『アボカドの種』より

『サラダ記念日』から『アボカドの種』に至るまで、全部で九冊の歌集を味わってきた。最後に、この選歌集全体のタイトルの由来となった短歌と、その前後に配置された歌をもって、この解説を締めくくる。

俵 万智《たわら・まち》

一九六二年、大阪府生まれ、早稲田大学第一文学部卒。八六年、「八月の朝」五十首で第三二回角川短歌賞を受賞。八七年、第一歌集『サラダ記念日』を刊行。同歌集で第三二回現代歌人協会賞受賞。九六年より読売歌壇選者。二〇〇六年、第四歌集『プーさんの鼻』で第一一回若山牧水賞、第六歌集『未来のサイズ』で第五五回迢空賞、第三六回詩歌文学館賞受賞。評論では『愛する源氏物語』で第一四回紫式部文学賞、『牧水の恋』で第二九回宮日出版文化賞特別大賞。宮崎で毎年開催される高校生の「牧水・短歌甲子園」審査員を務め、二〇二〇年には歌舞伎町ホストたちの歌集『ホスト万葉集』『ホスト万葉集・巻の二』や、アイドルが短歌に挑戦する「アイドル歌会」に、企画当初から選者として関わった。現代短歌の魅力を伝え、すそ野を広げた創作活動により二〇二一年度朝日賞を受賞。最新歌集『アボカドの種』を二〇二三年十月刊。二〇二三年十一月、紫綬褒章受章。

渡辺祐真《わたなべ・すけざね》

一九九二年、東京都生まれ。作家・書評家。書評系YouTuberとして活動をはじめ、自身のチャンネル「スケザネ図書館」で、書評や書店の探訪、ゲストとの対談など多数の動画を展開し注目を集める（俵万智出演回は二〇二一年七月六日配信 https://www.youtube.com/watch?v=TR-6-rt7_Pk&t=279s）。二〇二二年四月から毎日新聞文芸時評担当。TBSラジオ「こねくと」レギュラー、TBSポッドキャスト「宮田愛萌と渡辺祐真のぷくぷくラジオ」パーソナリティー（二〇二四年三月現在）。著書に『物語のカギ』、共著に『吉田健一に就て』『左川ちか　モダニズム詩の明星』など。最新の編著に『みんなで読む源氏物語』がある。

『サラダ記念日』カバー写真撮影　田村邦男
ブックデザイン　鈴木成一デザイン室

二〇二四年三月二十五日　第一刷印刷発行

あとがきはまだ　俵《たわら》万《まち》智《ち》選《せん》歌《か》集《しゅう》

著者　俵《たわら》万智《まち》
編者　渡辺祐真《わたなべすけざね》
発行者　國兼秀二
発行所　短歌研究社
郵便番号一一二-〇〇一三　東京都文京区音羽一-一七-一四　音羽YKビル
電話　〇三-三九四四-四八二二・四八三三
振替　〇〇一九〇-九-二四三七五番
印刷者　大日本印刷
製本者　加藤製本

検印省略

ISBN978-4-86272-767-1　C0092

コンビニへ食パン買いにいくことが親孝行となる春の道

『アボカドの種』より

切り札のように出される死のカード　私も一枚持っているけど